W

O

Z

Parelbaai

de kolk

de Holte

Kale Heuvels

de Diepte

Akropolis

afgeschreven

haven

pier

DE WETTEN VAN

DRAKENEILAND

EERSTE WET
Doe voor anderen wat je zelf ook leuk zou
vinden.

TWEEDE WET
Doe een ander niks aan wat je zelf ook niet
zou willen.

DERDE WET
Iedereen houdt zich aan de beslissingen
van de Parlevinkers. Eens per maand
worden er nieuwe Parlevinkers gekozen:
na Bombinie (21 mei), na Toedeledokie
(21 juni) en na Astalabiesta (21 juli).

VIERDE WET
De Schout (gekozen voor de hele zomer)
spreekt recht zonder dat de Parlevinkers
zich ermee bemoeien. De hoogste straf is
verbanning.

VIJFDE WET
Een vergrijp wordt uitgewist als de dader
de gevolgen ongedaan maakt. Dus als je
goedmaakt wat je hebt misdaan, kun je er
geen straf meer voor krijgen.

ZESDE WET

Als iemand jou iets aandoet wat in strijd is met de Tweede Wet, mag je een klacht indienen bij de Parlevinkers of de Schout. Klachten worden in een hoorzitting behandeld en iedereen kan getuigen.

ZEVENDE WET

In de liefde is alles geoorloofd.

ACHTSTE WET

Je mag niet liegen. Niet over wat je in het verleden hebt gedaan, en ook niet over wat je nog zult doen. Dus wat je beloofd hebt, moet je nakomen, ook als het in strijd is met andere wetten.

NEGENDE WET

Als iemand om hulp vraagt, moet je hem helpen, tenzij hij iets in de zin heeft wat ingaat tegen de Tweede of de Derde Wet.

TIENDE WET

Als iemand in gevaar is, moet je hem redden, ook al breek je daarmee andere wetten.

Jeugdboeken van Lydia Rood

DRAKENEILAND
Overleven op Drakeneiland
Strijd om Drakeneiland
Drenkeling op Drakeneiland
Vermist op Drakeneiland
Bedrieger op Drakeneiland
Indringers op Drakeneiland
Dolfijnen voor Drakeneiland
Drakeneiland in nood
Drakeneiland in opstand

9+
Smokkelkind
Kaloeha Dzong (Kinderboekenweekgeschenk 2007)
Marietje Appelgat en haar vieze vrienden
'Zoenen is vies,' zei Darma Appelgat

11+
Kus me kus me niet
Brief uit Hollanda (met Mohamed Sahli)
Zoon van de souk (met Mohamed Sahli)
Dans om het zwarte goud
De ogen van de condor
Papegaaien liegen niet
De groeten van Mike
Opgejaagd
Dans! Dans!
De jongen die in de muur verdween
Ali's oorlog

13+
Sprong in de leegte
Feest!
De ridders van Rosande

Lydia Rood

DRAKENEILAND

in opstand

Met illustraties van Kees de Boer

Leopold / Amsterdam

Eerste druk 2014
© 2014 tekst: Lydia Rood / www.lydiarood.nl
Omslag en illustraties: Kees de Boer
Omslagontwerp: Petra Gerritsen
Uitgeverij Leopold, Amsterdam / www.leopold.nl
ISBN 978 90 258 6614 3 / NUR 283

Uitgeverij Leopold drukt haar boeken op papier met het FSC®-keurmerk.
Zo helpen we waardevolle oerbossen te behouden.

Inhoud

Dit boek is opgedragen aan Jella, Robbin, Biene, Meri, Arjen, Florentien, Kirsten, Sterre, Emiel, Shealtiel, Shebecca, Isabel, Dagmar, Aimeé en al die andere échte Drakeneilanders.

Het noodlot

'Brand!'
  'Is het magazijn ontploft?'
  'Heb je het niet gehoord?'
  'Een aardbeving!'
  'Nee man, er komen piraten aan!'
Renée leunde door het pizzaluik in de bakkerij naar buiten en probeerde iets te zien. Van alle kanten kwamen kinderen het plein op rennen. De klok in de eik beierde oorverdovend.
  'Vergáderen!' krijste iemand – Wendel. De Voorzitter rende heen en weer als een wildeman, klom half in de boom en greep het eind van het klokkentouw, waardoor de Klokkenluider bijna naar beneden viel. Kinderen smeten overal fietsen neer. De Pizzabezorger remde zo hard dat hij over zijn pizzamand duikelde en in het stof belandde. Kinderen klauterden in de stellage die de laatste dagen was verrezen op het dak van het postkantoor. Iemand gilde: 'Komen! Komen! Komen!' – helemaal overbodig, want de klok was overal op het eiland te horen.
  Renée ging naar buiten.
  'Wat is er aan de hand?' Ze greep Fouad zo stevig bij zijn arm dat hij met een halve pirouette bleef staan. Ze liet meteen los, geschrokken, want ze had de mouw van zijn keurige shirt gescheurd.
  'Geen idee. Wendel zal het zo wel bekendmaken.'
  De Parlevinkers, de enigen die beslissingen mochten nemen, zaten al op de stenen bankjes bij de eik. Maar daaromheen was het dringen en duwen, want er leek opeens niet

genoeg plek voor iedereen. En werkelijk álle Drakeneilanders verzamelden zich nu. Renée kon zich niet herinneren wanneer dat voor het laatst was voorgekomen.

Wat was er toch? Renée keek even naar Fouad, die nu met de Voorzitter stond te smiespelen. Zijn wenkbrauwen vormden één zwarte streep. Nou ja, Fouad was altijd ernstig, dat zei niet zoveel. Als Parlevinker voelde hij zich verantwoordelijk voor alles wat misging.

Ze leunde tegen de zijmuur van haar bakkerij, die warm was van de zon. Ze was die ochtend weer twee uur voordat het licht werd opgestaan, om het deeg te kneden. Meestal deed ze midden op de dag een dutje, als iedereen weg was om te zwemmen of te spelen. Maar dat ging nu niet.

Wendel was op de grote steen geklommen, zijn hand in de lucht.

'Luister...'

Het bleef rumoerig.

'Luister!' herhaalde de Voorzitter. 'Dit is een algemene bekendmaking.'

'Komt er een tsunami?'

'Het zijn piraten, hè?'

'Nee man, het magazijn is ontploft, dat zeg ik toch!'

'Stil!' Wendels stem sloeg over. 'Stijn de Magazijnmeester heeft zojuist via de radio bericht gekregen dat Ajuparaplu drie dagen wordt vervroegd.'

Stilte. In de verte krijste een meeuw. De kinderen staarden Wendel aan. Ajuparaplu – ze hadden er niet aan willen denken. Maar het was dichtbij, dat wisten ze. De dag dat de Snorrevrouw met een grote boot zou komen om iedereen op te halen.

Nee! dacht Renée. Ze wilde niet weg. Afscheid nemen van iedereen hier? Zoals ze op Drakeneiland leefden, helemaal zonder volwassenen, dat was het échte leven.

'Echt niet!' gromde iemand aan de overkant van het plein zacht. 'Weer een kind worden zeker!'

Ja, dacht Renée, weer een kind worden dat moest doen wat grote mensen zeiden. Geen baan meer. Niet meer zelf beslissen. Ze zou Drakeneiland té erg missen! Er ontbrak maar één ding: haar zusje. Waarom had Jella niet dezelfde straf gekregen als Renée? Als haar tweelingzusje hier was, zou Renée echt nooit meer naar huis willen. Nu...

'Geen fikkies meer stoken...'

'Geen boottochten meer naar Dodeneiland.'

'En ik wou nog schelpen zoeken op de Verboden Kust!'

'Geen boomhutten meer bouwen...'

'Niet meer zwemmen midden in de nacht...'

'Nooit meer zwemmen met dolfijnen...'

'Vechten met haaien!'

'Nee man, schatzoeken in de Groene Grotten!'

Om de beurt somden de andere kinderen op wat ze het fijnste vonden. Renée beet op haar onderlip. Aan die dingen had zij bijna nooit mee kunnen doen. Zelfs als het feest was, moest zij vroeg naar bed. De Bakker moest altijd klaarstaan, want iedere Drakeneilander had elke ochtend recht op een vers brood op zijn veranda. De Waard moest 's middags pizza's en pannenkoeken kunnen serveren, en ook daarvoor moest de Bakker zorgen. Dat was hard werken.

Eigenlijk, als ze héél eerlijk was, zou Renée het best lekker vinden om eens lekker door te kunnen slapen, helemaal tot zeven uur! En dan aan tafel komen waar de verse boterhammen gesneden en al voor haar klaarstonden. Even leek het alsof ze hazelnootpasta proefde...

Nee! Hier was ze immers gelukkig? Ze had zó veel vrienden hier... Thuis had ze eigenlijk alleen haar zusje.

Fouad zou ze wel nooit meer zien na Ajuparaplu.

'Kom op, zeg.' Wendels stem bibberde. 'Jullie wisten allemaal dat het eraan zat te komen. Doe nou niet net of het een ramp is.'

'Het is wél een ramp!' Marisol, een andere Parlevinker, sprong op. 'Drie dagen te vroeg! Dat kunnen ze niet maken!'

'Zomaar Ajuparaplu vervroegen!'

'Ik wíl niet weg!'

'Ik ook niet!'

'De kabelbaan is nog niet klaar!'

'Ik ben nog helemaal niet in de Drakengrot geweest!'

'Ze kunnen ons niet zomaar meenemen!'

'Drakeneiland is van ons!'

Overslaande stemmen, verhitte koppen. Renée kende dat van de Drakeneilanders. Ze jutten elkaar soms zó op, dat ze door het dolle heen raakten. Maar de Snorrevrouw kwam toch, daar was natuurlijk niks aan te doen. En dan moesten ze mee. Het eiland was van meneer Papadopoulos, die besliste. En dat had hij dus al lang geleden gedaan. Naar Drakeneiland moest je voor straf, en de straf duurde niet langer dan drie maanden. Dat stond van tevoren al vast.

'Mensen, pikken we dit?'

'Néééé!' De kinderen in de stellage op het postkantoor schudden hun vuisten.

'Luister nou...' De Voorzitter keek hulpeloos om zich heen. Hij wenkte Fouad, die naast hem op de steen kwam staan en iets riep – maar niemand luisterde. Renée schaamde zich een beetje namens hem.

'Meneer Papadopoulos...' begon Wendel.

'Fladder op met je meneer Papadopoulos!' riep Pierre, die altijd nieuwe woorden bedacht. 'Meneer Papadopoulos is de baas niet!'

'Dat is hij wel,' probeerde Wendel.

'Nee! Meneer Papadopoulos onderdrukt ons! Hij is een onderdrukker! Een... een... hoe heet dat...' Marisols stem stierf weg.

11

'Een tiran?' vroeg Fouad.

'Ja, een tiran!'

'Een dwingeland!'

'Een bullebak!'

'Maar dat is hij niet,' zei Fouad. 'Het eiland is nu eenmaal van hem. Hij is de baas.'

'Hij kan opfladderen!'

'Wij zijn hier de baas!'

'Drakeneiland is van ons!'

Er barstte een enorm geschreeuw los. Renée zag haar hulpje Bibi in het gedrang ten onder gaan. Ze rende erop af en sleurde haar overeind. Iemand was op de hand van het meisje gaan staan; ze kermde van pijn.

'Jasmijn!' riep Renée.

De Genezer kwam aangerend.

'Bibi's hand wordt helemaal dik!'

Ze keek toe hoe Jasmijn een nat verband strak om het gezwollen handje wikkelde. Nu stond ze midden in het gewoel, vlak bij Fouad, die maar weer op de grond gesprongen was.

'Je hebt het tenminste geprobeerd,' zei Renée troostend tegen hem.

'Het zijn soms net wilde koeien,' zei Fouad, 'die allemaal blindelings één kant op rennen.'

'Zonder na te denken,' knikte Renée.

'Zonder na te denken. Hoe kunnen we nou tegen meneer Papadopoulos ingaan? Hij laat ons gewoon van het eiland halen. Drakeneiland ís nu eenmaal niet van ons.'

Renée voelde in haar broekzak. Daar zat Ollie, het vingerpopje dat ze honderd jaar geleden van Jella had gekregen. Ze wurmde haar wijsvinger in het wollen olifantje.

'De school begint ook weer.'

'Ja.'

'Wel balen.'

'Ik weet niet... ik hou wel van school eigenlijk,' zei Fouad met een verlegen grijns.

'Hóú je van school? Gek!'

'Ik weet het.'

Ze stonden vlak bij elkaar en werden nog dichter tegen elkaar aangedrukt door de woedende kinderen om hen heen. Fouad glimlachte even.

'Sorry.'

'Kun jij niks aan doen.'

Het was een geweldig kabaal om hen heen, maar toch leek het even alsof zij samen in een bel van stilte stonden.

'Wat is dat?' Fouad keek naar haar hand.

Renées hoofd werd warm. Ollie zag er niet uit, rafelig en vuil.

'Niks.'

Maar dat voelde als een leugen. Nee, als verraad.

Fouad keek haar aan, met nog steeds een vraag in zijn blik.

Renée keek gauw een andere kant uit. 'Van Jella, mijn zusje,' zei ze.

Toen kreeg Fouad een duw en raakten ze los van elkaar. Toen ze hem weer in het oog kreeg, zat Fouad alweer op zijn stenen bankje. Renée probeerde zijn blik te vangen, maar hij keek niet meer.

'Ik ga dus écht niet meer naar school,' zei de Genezer, die klaar was met Bibi's hand. 'Ik ga spijbelen.'

'Niet doen,' zei Renée. 'Daar krijg je problemen mee.' Zij wist er helaas alles van. Meer dan een halfjaar lang had ze zich niet op haar school vertoond. Daarom was ze naar Drakeneiland gestuurd. Spijbelen werd niet licht opgenomen.

'O, maar ik laat me niet betrappen.'

Renée schudde haar hoofd. Dat had ze zelf ook gedacht,

toen ze vorig jaar was weggebleven van haar nieuwe school
– ze had zich gewoon niet gemeld in september. Maar toch
was het uitgekomen.

'Volwassenen winnen het altijd,' zei ze.

Jasmijn trok een lelijk gezicht. Door het litteken in haar
bovenlip zag dat er eerder grappig uit.

'Ik háát meneer Papadopoulos,' zei ze.

Mo luidde de klok en het werd stil.

'Dus,' zei Wendel. 'Jullie weten het nu. Schreeuwen helpt
niet. Het is gewoon het noodlot. We moeten naar huis en
dat is dat. Iedereen opruimen, inpakken en schoonmaken.
Overmorgen moet alles klaar zijn. Als je niet hebt ingepakt,
blijven je spullen hier achter. Dit was het.'

Hij stapte van de grote steen. De klok luidde eenmaal om
aan te geven dat de bijeenkomst voorbij was.

Renée draaide zich om en slofte terug naar de bakkerij.
Ja, dacht ze, dit was het. Eén zomer van vrijheid. Eén zomer
zelf beslissen. En dan zouden zij weer de baas worden: de
grote mensen die alles beter wisten – maar niet heus.

Wiehoe!

Toen Renée thuis een dutje wilde gaan doen, bleek de veranda vol kinderen te zitten. Het waren haar beste vrienden. Myrna, met wie Renée het huisje deelde, schonk limonade in.

Mark was aan het woord: 'We leren hier toch veel meer dan op school? Dat is volgens mij juist het hele idee van Drakeneiland. Dus waarom zouden we naar huis moeten? Het wordt in de winter niet eens echt koud hier – we kunnen best blijven. O, hoi Renée.'

Myrna zette de limonadekan neer. 'Op school doe je de hele dag alsof. Nepsommen, nepverhaaltjes, domme plaatjes en van die neppige filmpjes waar ik dus echt niet in trap. Maar hier sla ik echte spijkers in echte planken. En als ik het niet goed doe, zakt er iemand door zijn bed.' Myrna was de Huisvester en deed alle timmerklusjes.

'Dus jullie willen meneer Papadopoulos vragen of we hier mogen blijven?' vroeg Ceder. Zij was ook Parlevinker en bevriend met Fouad. Renée was soms een beetje jaloers als ze hen samen door het centrum zag fietsen.

Ceder zei: 'We moeten er eerst over vergaderen. En dan stemmen.'

Mark viel haar in de rede. 'Niks vergaderen. Niks stemmen. We blijven gewoon op Drakeneiland, punt uit. Ik ga nooit meer naar huis.'

Renée wist dat Mark thuis niemand had. Een vader die altijd op zakenreis was, een moeder in het gekkenhuis en een oma die hem een lastpak vond. Hij had het haar verteld toen hij hielp met krentenbollen bakken. Renée had al vaker gemerkt dat kinderen in de schemerige bakkerij makkelijk voor de dag kwamen met hun geheimen.

'Mag dat in de krant?' Wouter, de Nieuwsjager, pakte een frommelig opschrijfboekje uit zijn achterzak. 'Niks stemmen, aldus de Spellier...' mompelde hij. 'Maar Mark, dat is toch niet democratisch?'

'Nee,' zei Ceder. 'De Parlevinkers moeten beslissen.'

'Alsof dát democratisch is!' bromde Mark. 'Jullie bedisselen alles achter onze rug om! Stel: jij vraagt of we zullen blijven – en dan? Dan zegt Fouad dat het niet kan, volgens de een of andere regel waar nog nooit iemand van gehoord heeft. En Wendel zegt dat het niet mag van zijn lieve meneer Papadopoulos. Dan vraagt hij wie ervoor is en dan durft niemand meer zijn vinger op te steken. Lekker!'

'Inderdaad!' zei Jakko op een ruzietoon. 'Allemaal vriendjespolitiek.'

Renée was een beetje bang voor de Geitenhoeder, die altijd boos leek. Ze hield helemaal niet van dat gekissebis. Met haar tweelingzusje had ze nooit ruzie. Ze ging naar binnen.

'Renée! Blijf nou!' riep Ceder. 'Wat vind jij?'

Aarzelend draaide ze zich om. Tja, wat vond zij?

'Jij wilt toch ook blijven?' vroeg Mark.

'Natuurlijk wil Renée blijven,' zei Dana. 'Wat een vraag.'

Renée knikte langzaam. In haar zak friemelde ze aan het vingerpopje. Jella was naar kostschool gestuurd... thuis zou het stil zijn.

'Dus,' zei Jakko. 'Ik, Dana, Mark, Wouter, Myrna, Renée. Meeste stemmen gelden.'

'O, nou wil je opeens wél stemmen,' zei Ceder. 'Wat een flauwekul. Je zégt maar wat!'

Jakko sprong van het hekje en wilde haar te lijf gaan. Renée sprong tussen hen in.

'Doe normaal Jakko.'

Myrna viel haar bij: 'En anders fladder je maar op. Je bent hier op bezoek, hoor.'

'Kappen,' zei Wouter. 'Naar huis of niet naar huis, daar gaat het om.'

Ceder keek naar Renée. Ineens keken ze allemáál naar haar. Renée kreeg het er warm van. Ze besefte opeens dat haar vrienden haar mening belangrijk vonden.

'Ze vinden het nooit goed,' zei ze. 'Maak grote mensen maar eens wijs dat je niks leert op school.'

Daar had niemand iets op te zeggen. Het was nu eenmaal zo: volwassenen wonnen het altijd.

'Dan blijven we toch stiekem,' zei Mark. 'Waarom zou alles altijd precies volgens de regels moeten gaan? Regels zijn ook maar door mensen gemaakt, hoor.'

'Inderdaad,' zei Jakko. 'Regels zijn stom. De meeste dan.'

'Meueueu!' Opzij van het huis werd geloeid, alsof er een koe stond. Twee gekromde vingers werden om de hoek gestoken, als horens. Toen sprong Brambo tevoorschijn, de Uitvinder.

'Wat zitten jullie hier suffig? Het lijkt wel een vergadering!'

'Ga weg,' zei Myrna.

Brambo trok een gek gezicht naar haar.

'Doe ik. Ik wou alleen even melden waar de actie is.'

De kinderen op de veranda keken hem vragend aan. Geen van allen wilden ze happen, vragen: hoezo? Wat dan?

Brambo moest de gekste gezichten trekken om te kunnen blijven zwijgen. Ten slotte hield hij het niet meer.

'Mijn kabelbaan is klaar! Inwijding op de Piek, als de zon achter de bergen zakt. Eindpunt: Akropolis. De eerste tien kinderen mogen gratis, de rest moet één spie per afdaling betalen. Als je beneden aankomt, krijg je gratis citroenlimonade van Meral.'

'De kabelbaan! Heb je hem wel uitgeprobeerd?' vroeg Ceder met een bezorgd gezicht.

'Het is veilig, hoor,' zei Myrna. 'Ik heb zelf helpen timmeren. Heb je dat bouwsel op het postkantoor niet gezien? Dat is het eindpunt. We zijn er vanochtend vroeg zelf geland, hè Brambo? Geen centje pijn.'

'Nou, ik vind het gevaarlijk,' zei Ceder. 'Helemaal vanaf de Piek! Straks stort er een kind naar beneden. En dán zul je meneer Papadopoulos horen!'

'O ja, meneer Papadopoulos,' zei Brambo. 'Daar hebben we ook nog iets over te zeggen. Straks op de Piek.'

'Wat dan?' vroeg Mark. 'Wie dan?' Maar de Uitvinder wiebelde met zijn neus en rende verder, de heuvels in.

Mark rende hem achterna.

'Uitvinder! Vertel!'

Wouter, Dana en Jakko vertrokken ook. Ceder en Myrna dronken hun limonade met kleine slokjes.

'Als de Magazijnmeester contact heeft met de vaste wal,' begon Myrna, 'via de radio... spreekt hij dan meneer Papadopoulos zelf?'

Ceder schudde haar hoofd. 'Nee, die is zo ongrijpbaar als een duikboot. Misschien bestaat hij niet eens echt. Zeggen de volwassenen gewoon "meneer Papadopoulos wil het zo" als ze van ons af willen zijn.'

'Dan hoeven we ons ook niks van hem aan te trekken,' vond Myrna.

Renée ging met één bil op de tafel zitten – thuis mocht dat nooit.

'Dat denk je maar. Grote mensen krijgen altijd hun zin.'

'Waarom zeg je dat toch altijd?' vroeg Myrna.

'Ze hebben mij en mijn zusje uit elkaar gehaald.'

'Waarom?' vroeg Ceder.

'Omdat ik voor haar opkwam. Omdat ik haar beschermde.'

'Ik snap het niet. Dat is toch juist goed?'

'Jullie zijn een tweeling toch?' vroeg Myrna.

'Ja. Maar we zijn heel verschillend. Jella is verlegen.'

'Dus? Vertel.'

Renée schoof Ollie aan haar vinger. Stiekem in haar zak, zoals ze vaker deed. Zelfs Myrna had Ollie nooit gezien. Alleen Fouad nu.

'Jella is het hele jaar in groep 8 verschrikkelijk gepest. Ik probeerde haar natuurlijk te helpen, als ik kon tenminste. Toen moesten we naar de brugklas en Jella kreeg een ander advies dan ik. Ze heeft de hele zomer overgegeven, zo bang was ze. Mama dacht dat het een bacterie was, maar Jella wilde gewoon niet naar die nieuwe school. En toen heb ik haar plaats ingenomen.'

19

'Haar plaats ingenomen? Hoe bedoel je?'

'Gewoon. Ik ben in september naar háár school gegaan. Alsof ik Jella was. Ik heb een halfjaar onder de verkeerde naam op de verkeerde school gezeten.'

Myrna proestte. 'Zo hé! Dat had ik nooit achter jou gezocht!'

'Dapper!' zei Ceder. 'Dat zou ik nou nooit durven.'

'O, voor mezelf had ik het ook nooit gedurfd. Maar het was voor Jella, hè. Ze was echt ziek van bangheid.'

'Zit je daarom hier?' vroeg Ceder. 'Hebben ze jullie betrapt?'

Renée knikte. 'Jella hing hele dagen in de stad rond, maar toen het kouder werd, ging ze naar de bibliotheek. Een bibliothecaresse belde de leerplichtambtenaar en daarna hadden ze mij ook gauw te pakken. Nu zit Jella op een superstrenge kostschool.'

'Pfoe!' zei Ceder. 'Mis je haar?'

'Ja. Maar hier heb ik jullie. En thuis heb ik niemand; Jella en ik hadden altijd elkaar.'

'Hier wil iederéén vrienden met je zijn,' zei Myrna.

Renée lachte. Myrna overdreef. Een beetje.

Ceder zette haar glas neer.

'Ik ga mijn schoenen aantrekken,' zei ze. 'Het is een hele klim naar de Piek. En ik moet als Parlevinker toch weten wat Brambo allemaal uitvreet.'

'Wat zou hij weten over meneer Papadopoulos?' vroeg Myrna.

'Niks, denk ik,' zei Ceder. 'Maar ik ben bang dat... Ach nee, ik zie spoken.'

'Wat denk je dan?' vroeg Myrna, maar Ceder wilde niets meer zeggen.

'Straks breng ik je nog op ideeën.'

Renée pakte de glazen en nam ze mee naar binnen. Van

een dutje zou vandaag niets komen. Maar dat gaf niet; ze was veel te nieuwsgierig naar Brambo's kabelbaan.

Terwijl ze langs een kronkelig geitenpaadje omhoogklom, zag ze de eerste kinderen al gillend langs suizen.

'Héééé Renéééé!' gilde Sanjay. Hij hing in een soort tuigje aan een haak en klemde beide handen om het touw. In een mum van tijd was hij voorbij; het moest keihard gaan. Achter elkaar roetsjten Sami, Jelle en Rooie voorbij. Kennelijk waren de jongens uit de Diepte al heel vroeg op pad gegaan, in de hoop op een gratis ritje. Hun enthousiaste gekrijs trok andere kinderen aan; van waar ze stond zag Renée dat uit alle hoekjes van Akropolis kinderen kwamen aanhollen. Het zou druk worden op het geitenpaadje. Ze liep snel verder. Misschien was ze nog bij de eerste tien.

Maar er bleek al een rij te staan. Brambo stond er met zijn handen in zijn zij voor. Ze kon niet verstaan wat hij zei, al zette hij een flinke stem op. De Uitvinder was het laatst op het eiland gekomen, maar hij had evengoed de grootste mond.

Dana liet zich juist een tuigje omgespen.

'Doet dat geen pijn?' vroeg Renée. Ze wees op de riemen om Dana's lijf.

'Nee hoor.' Dana grijnsde. 'Het is van binnenbanden gemaakt, dat rekt mee.'

Renée vond het toch maar eng, vooral toen ze naar beneden keek. De Piek was zo hoog, en het centrum zo ver! Halverwege zat er een bocht in het traject; daar stond een paal die niet zo hoog leek. Desnoods kon ze er daar uitspringen...

Brambo riep: 'Wie zijn naam op de lijst zet, mag gratis! Onderteken het protest en zweef voor niks naar het dal. Opgelet! Gratis ritje voor opstandelingen. Zet je naam op de

lijst! Doe mee! Drakeneiland voor de Drakeneilanders!'

Renée ging naast hem staan. 'Wat is dat voor lijst?'

Brambo draaide zich om. Er hing een bord op zijn rug dat zo te zien door Losbol was geschilderd. Het toonde een stekelige draak met zijn bek wijd open. Er stonden al een heleboel namen op.

'Teken jij ook?' vroeg Brambo.

Renée bekeek het bord. De draak spuugde vuur. Bovenaan stond, in vurige letters waaraan vlammen likten: *Drakeneiland voor de Drakeneilanders!* En daaronder: *Wordt Ajuparaplu het einde? Nee! Wij blijven! Steun de Opstand!*

Verscheidene kinderen hadden hun naam er al onder gezet. Het waren degenen die vooraan in de rij stonden bij het startpunt van de kabelbaan. Marisol was er ook bij, zag Renée, en Marisol was nota bene een Parlevinker.

Ze kreeg een opgewonden gevoel toen ze naar de lijst namen keek. Dana en Mark hadden al getekend, en Sanjay ook. Haar vrienden kwamen dus in opstand!

'Wat wil dat zeggen, als je tekent?' vroeg ze aan Brambo.

'Dat je hier blijft, natuurlijk.' Hij hield haar een stuk vetkrijt voor. 'Hier, zet je naam erbij. Hoe meer, hoe beter. Als we allemaal tekenen, kan Wendel het schudden met zijn meneer Papadopoulos.'

Renée aarzelde. Kon het maar: op Drakeneiland blijven! Maar het was té mooi. Je kon hard schreeuwen en elkaar van alles wijs maken – maar het bleef een droombeeld. Drakeneiland was geweldig zolang het duurde – maar daarbuiten loerde de echte wereld. En daar waren kinderen nu eenmaal níet de baas...

'Als je tekent, mag je gratis in mijn kabelbaan,' zei Brambo. 'Keispannend, man. Hoor je ze niet gillen?'

Op dat moment gleed juist Marisol naar beneden. 'Wiehoe!' riep ze. Renée zag dat de kabel rond liep, als bij een skilift. Terwijl Marisol het dal in denderde, slingerde een ander touw zonder kind eraan naar boven. Over de hele lengte hingen wel dertig tuigjes aan touwen. Zo was er altijd wel eentje bovenaan.

'Slim bedacht, hè.' Myrna verscheen boven aan het geitenpaadje. 'Werkt helemaal op de zwaartekracht. En op kinderkracht natuurlijk. Fjoe, is dat klimmen.'

Brambo begon weer te brullen toen er nog een paar kinderen aan kwamen zetten.

'Steun de Opstand! Drakeneiland voor de Drakeneilanders! Meneer Papadopoulos bestaat niet!'

'Hoe weet je dat nou?' vroeg Renée.

'Kwestie van logisch denken,' zei Brambo. Hij leek er zeker van. 'Een rijke kerel die een onbewoond eiland heeft – en het dan afstaat? Aan kínderen? Terwijl hij een villa en een jacht kon hebben, en alle stranden voor hem alleen? Echt niet! En dat hij dan ook nog eens al ons eten betaalt en fietsbanden en batterijen en zaklampen...'

'En motorboten en benzine,' zei iemand die in de rij stond.

'Precies! Dat bestaat niet,' knikte Brambo. 'Zo gul zijn rijke mensen nooit! Dit is gewoon een strafkamp. Ze wilden van ons af – nou, dat komt dan goed uit. We blijven! Helemaal vrijwillig!'

'Wieha!' gilde Marisol, ergens halverwege de helling.

'Wiehoe!' antwoordde Dana, die afzette, opsprong en wild zwaaiend naar beneden suisde. 'Leve de Opstand!'

Ceder kwam hijgend boven.

'Wat is hier aan de hand?'

Renée legde het uit. Brambo drukte Ceder ook een stuk krijt onder haar neus, maar ze duwde zijn hand weg.

'Maar dan mag je gratis,' zei hij. 'Anders kost het een spie.'

'Dat is omkoping,' zei Ceder boos. 'De kinderen komen voor de kabelbaan, niet voor jouw opstand!'

'Het is mijn opstand niet. Het is dé Opstand. En iedereen is het ermee eens. Zelfs Moon, de Schatkistbewaarder. Staat zij soms in de rij voor een ritje? Niet dus, en toch steunt ze de Opstand. Net als de Aanklager en de Koddebeier en alle Muzikanten en de Fietsenmaker... Niemand wil weg. Of jij wel soms?'

Het werd stil. Iedereen die op dat moment boven op de Piek stond wilde weten wat Ceder ervan vond, omdat ze zo'n beetje de rechterhand was van de Voorzitter. Maar Ceder keek naar Renée. Ze wachtte wat zíj zou zeggen.

'Denk na,' zei Renée. Was zij dan de enige die haar verstand bij elkaar hield? 'Als we blijven, waar gaan we dan van leven? Ze komen ons écht geen nieuwe voorraden brengen.'

Brambo en alle anderen staarden haar aan. Het werd doodstil op de top. Uit het dal klonk nog een laatste 'Wiehoe!' – heel zwak.

Zeewiersoep en jakhals-kebab

Ook al had Renée gelijk, de opwinding won het van het verstand. Aan het eind van de dag was het mooie bord van Losbol vol namen gekrabbeld. Zowat alle Drakeneilanders steunden de Opstand. Ook Wouter, de Nieuwsjager, die eerder altijd zo graag onafhankelijk bleef.

'Ik wil ook niet weg van Drakeneiland,' zei Dana, die pizza's kwam kopen.

'Is het om Moon?' vroeg Renée. Zij was de enige die wist dat Dana verliefd was op de Schatkistbewaarder.

'Om... wat? Zeg, ben jij wel lekker?'

Renée haalde haar schouders op en deed net of ze niet zag dat Dana's wangen opeens de kleur van radijs hadden.

Het bleef even stil. Toen zei Dana: 'Nou ja, goed, ook daarom. Ik zie haar natuurlijk nooit meer terug.'

Renée dacht aan Fouad. Je kon gegevens uitwisselen en elkaar van alles beloven, maar dat was iets anders dan elkaar elke dag zien.

'Maar niet alleen om Moon,' hernam Dana. 'Hier ben ik iemand. De Ezeldrijver. Alles hangt van mij af.'

Renée grinnikte. Dat dacht zij ook over zichzelf als Bakker.

'En thuis ben ik uitschot.'

'Niemand is uitschot,' protesteerde Renée. 'Ik weet zeker dat je vader van je houdt.'

'O ja? Als hij dronken is, vergeet hij mijn naam.'

'Welnee...' zei Renée. Maar in haar hart was ze bang dat Dana dat niet verzon.

'Jakko wordt thuis geslagen,' ging Dana door. 'Jasmijn

wordt gepest om haar lip. Stijn zit in een pleeggezin, want zijn eigen moeder is verslaafd. Enzovoort. Wie wil er nou terug? Niemand.'

'Wendel wel, denk ik,' zei Renée. 'Hij ziet er moe uit.' Hij was al zo lang Voorzitter, dat was vast niet makkelijk.

'Nou, dan gaat hij toch lekker met de Snorrevrouw mee? Goeie reis en tot nooit.'

'Wat héb jij?'

'Niks,' bromde Dana. 'Ik wil gewoon hier blijven.'

Renée nam twee overgebleven pizza's mee naar huis, maar Myrna was er niet, die zat zeker ergens aan een kamp-vuurtje. Renée had een bulkende honger en at daarom ook nog de helft van Myrna's pizza op. Onder het eten peinsde ze over de Opstand. Moest ze meedoen? Haar vrienden Ce-der en Foaud waren zéker tegen, dat kon niet anders. Maar Mark en Dana waren voor, en dat waren ook haar vrienden.

'Zeg jij eens wat, Ollie,' mompelde ze tegen het groeze-lige olifantje. Maar deze keer kon ze uit zijn glimlach geen antwoord aflezen.

Ze slenterde terug naar de Tapperij, voor een toetje en om te horen wat er gezegd werd. Het was druk op het terras. De Waard serveerde pannenkoeken – Renées hulpje Bibi bakte ze vanavond, dat kon ze al heel goed. Hester rende met een vuurrood hoofd heen en weer naar de bakkerij. Zo ging het hard met het meel... Wat niet erg was als ze over twee dagen allemaal met de Snorrevrouw mee teruggingen.

Ze ging op een lege plek zitten, aan een tafeltje achterin. Julia zat er met een boek, maar ze keek op toen Renée aan-schoof.

'Goed dat ik je zie,' zei ze. 'Jij hebt zeker wel een recept voor scheepsbeschuit?'

'Scheepsbeschuit?' Wat was dat nou weer?

Julia hield haar boek omhoog. Er stond een zeerover op het omslag.

'Ja, ik kom er net op, dankzij dit verhaal. Vroeger aten ze dat op schepen, het blijft heel lang goed. Maar volgens mij is het keihard.'

'O, dan is het zeker dubbel gebakken.' Renée dacht even na. 'Als je er meer zout in doet, wordt het harder. Ja, ik denk wel dat ik dat zou kunnen maken. Wat wil je ermee?'

'Ik niks.' Julia wees naar Mark en Brambo, die aan een van de voorste tafeltjes zaten en op luide toon door elkaar heen praatten. 'Vraag maar aan die twee. Zij hebben grote plannen.'

'Ben jij soms ook bij de Opstand?' vroeg Renée wantrouwig.

Julia sloeg haar ogen neer.

'Nou ja... hier kan ik de hele dag lezen. Ze komen me vragen om verhalen – en thuis luistert niemand naar me.'

Renée schudde verward haar hoofd. 'En wat zeggen de Parlevinkers daarvan?'

'Ze hebben daarnet gestemd,' zei Julia. 'Wendel bleef tegen.'

Myrna kwam erbij staan. 'Bijna niemand wil vertrekken. Zelfs Wendel is het vast in zijn hart met ons eens.'

'Renée gaat scheepsbeschuit maken,' zei Julia.

'Goed zo!' Myrna sloeg Renée op de schouder.

Renée zei niets. Ze had haar standpunt nog niet bepaald. Tenminste... eigenlijk wist ze het wel. Ze moest gewoon naar huis. Voor Jella, die vast doodongelukkig was op die kostschool. 's Avonds konden ze kletsen, met hun telefoons onder de deken. Jella kon niet zonder Renée.

'Beste Drakeneilanders!' Brambo was op de grote steen gaan staan. 'Het is beslist: de Opstand is begonnen!'

Iedereen op het terras juichte. Andere kinderen klapten. Niet iedereen was er; sommigen zaten thuis te eten of namen een avondduik in een van de meren, maar dat kon Brambo kennelijk niet schelen.

'De Parlevinkers hebben het zelf gezegd: wij blijven op Drakeneiland!' riep hij.

Gejuich.

'Wie wil, mag met de Snorrevrouw mee. Wil er nog iemand weg?'

Er ging geen enkele hand omhoog.

'Het is tegen alle Wetten, maar oké,' mompelde de Schout. Hij hing lusteloos in zijn stoel. Het viel Renée opeens op hoe tenger hij was. De stoere jongens hadden zijn mening niet eens gevraagd.

Myrna porde haar aan. 'Ik dacht het wel! Jij wilt ook blijven.'

Maar Renée weifelde. Haar vrienden? Of Jella? Ze begon te zweten.

Jella kon niet zonder Renée.

Of wel?

Of niet?

Een jaar of drie geleden was Renée eens bij een klasgenootje gaan logeren. Jella wilde niet mee, die wist zeker dat ze heimwee zou krijgen. Het had Renée een geweldig avontuur geleken: een heel weekend zonder haar ouders en haar zusje. Friet en frikadellen, de hele nacht keten, lekker stiekem een hele soapserie kijken... De volgende dag kwam ze afgepeigerd thuis. Jella zag eruit als een lijk: die had ook de hele nacht niet geslapen. Bijna meteen kregen ze een geweldige ruzie. Hun eerste en hun laatste. Slaan en aan elkaars haren trekken en krabben en bijten – het was echt verschrikkelijk. Waar ging die ruzie over? Ze wist het niet meer. Om niks. Om alles. Omdat Renée eropuit was gegaan zonder Jella. Omdat Renée Jella niet nodig had – en andersom wel.

Ze schrok op van een woest gebrul. 'Leve de Opstand!' werd links en rechts geroepen. Marnix, de Aanklager, sloeg met zijn vuist in de lucht. Sommige anderen deden hem na.

Op de grote steen schreeuwde Brambo: 'Jullie willen de Opstand? Dan krijgen jullie de Opstand!'

Het leek ineens wel of hij de Voorzitter was – Wendel was nergens te bekennen. Was dit het Drakeneiland waar ze van hield? Het leek ineens zo... wild. Onberekenbaar.

'Hoe zie je dat dan voor je?' vroeg Renée toen het gebrul bedaarde. 'Ze komen ons halen. En dan?'

'We verstoppen ons.' Brambo klonk nog opgewonden, maar hij schreeuwde tenminste niet meer.

'We worden vogelvrijen,' zei Pierre, de Pizzabezorger. De Woordenbedenker en – vond Renée in haar hart – een ouwe kletsmajoor.

Ze zei: 'Loze woorden! Dan komen ze ons toch zoeken? Ze sturen politie op ons af.'

'Wacht maar,' zei Brambo. 'Daar hebben de leiders allang wat op verzonnen.'

Leiders? dacht Renée. Wat voor leiders?

'Maar mag ik vragen,' zei Brambo, 'wat jij van plan bent? We kunnen niet zonder een Bakker.'

Het werd stil op het plein bij de eik. Iedereen keek om naar waar Renée zat. Wat moest ze zeggen? Ze wist zelf ook wel dat Drakeneiland niet zonder haar kon. Daarom was ze al die tijd hier gebleven, van Bombinie tot Toedeledokie, van Toedeledokie tot Astalabiesta en van Astalabiesta tot nu.

Maar Jella rekende op haar. Drie maanden, had Renée gezegd. Ze had het beloofd.

Ze keek de kring rond, besluiteloos. Tenslotte zei ze iets stoms: 'Hoe lang willen jullie blijven?'

'Voor altijd, sokkenbol,' zei Mark.

'Maar...' sputterde Renée, 'er is niet genoeg meel voor altijd. En wat dan?'

'Rooie heeft bij de laatste oogst zaadjes bewaard,' zei Myrna luid.

'Toverzaadjes zeker, waar patsboem broden uit groeien?'

'Pompoenen. Heel voedzaam,' zei Rooie.

'Denk je echt dat we kunnen overleven zonder brood?'

De Vissers knikten. 'Wij leggen een voorraad zeewier aan,' zei Jelle.

'Kun je heerlijke soep van maken.' Julia hield weer haar boek omhoog. 'Origineel zeeroversrecept.'

'Ik kan niet wachten,' zei Wouter met een vies gezicht.

'Scheepsbeschuit!' riep Myrna. 'Renée bakt scheepsbeschuit!'

Aan de andere kant van het plein liep Ceder voorbij. Renée zwaaide. Ceder deed of ze het niet merkte en liep haastig verder. Ze verdween achter de bakkerij. Oei, dacht Renée, die schaamt zich omdat ze ook voor de Opstand is.

'Bakker?' vroeg Brambo. 'We wachten op je antwoord.'

Renée keek rond. Toen vroeg ze: 'Mag ik er een nachtje over slapen?'

Brambo dacht na, knikte toen.

'Goed dan. Eén nachtje maar, hoor. Dan gaan we nu over tot de benoeming van de Jager.'

Jager? Ze hadden nooit vlees gegeten op Drakeneiland, behalve dan de worstjes die kant en klaar uit het magazijn kwamen.

'Waarom?' vroeg Renée.

'Denk na,' zei Brambo. 'Terwijl we ons schuilhouden, kunnen de Vissers er niet op uit. Ja? Kunnen we nu verder?'

'Is Brambo nou de baas?' vroeg Dikkie, het hulpje van de Aanklager.

'Zeker niet!' antwoordde Marnix. 'Brambo is een van de leiders, ja. Maar ik en Jakko en Mark horen er ook bij. En –'

'Allemaal jongens,' zei Myrna met een frons.

Jakko was intussen naar voren geroepen. Hij droeg een katapult op zijn heup, zag Renée.

'Hierbij benoemt de leiding van de Opstand je tot Jager,' zei Brambo. 'Het is jouw taak de voorraden aan te vullen. Aanvaard je deze opdracht?'

'Natuurlijk,' zei Jakko.

'Wat ga je schieten dan?' vroeg Sjoerd. 'Olifanten?'

'Duiven,' zei Jakko zelfverzekerd. 'En ik heb wel eens een jakhals gezien.'

'Jakhals-kebab,' grinnikte Myrna. 'Kan nog best lekker zijn ook.'

'Ik ga dus echt geen jakhals eten!' riep Fenna uit. 'Bllch!'

'Nooit gezien, die jakhalzen van jou,' zei Wouter fronsend.

'Omdat jij nooit van je dikke gat komt,' zei Jakko. 'Maar in de Groene Heuvels en in het Donkere Bos lopen er een hele bende rond. Schrijf dat maar in die krant van je.'

Wouter keek beledigd; Jakko grijnsde.

'Nu het voedselprobleem is opgelost,' zei Brambo – waar haalde hij die zelfverzekerdheid vandaan? Er was nog helemaal niets opgelost! – 'moeten we praten over verstoppen. Wat doen we als de Snorrevrouw komt?'

'Dat zei ik toch,' zei Mark. 'We gaan de grotten in. Daar durven grote mensen niet in.'

'De Groene Grotten?' vroeg Renée. Daar moest je met de boot heen, door de Roversbaai.

'Nee, de grotten in de Drakenkop. Daar is een heel gangenstelsel.'

'Levensgevaarlijk!' riep Sjoerd uit. 'Er is geen licht en niks.'

'Weet ik toch,' zei Mark. 'Ik ben er zo vaak in geweest.'

'Ik ook,' zei Mo, de Postiljon. Hij zei bijna nooit iets, dus iedereen zweeg verbaasd. 'Eén keer. Ik was op zoek naar het Honderd Meter Diepe Hol.'

'Ha!' riep Marnix. 'En, heb je het gevonden?'

'Nee,' zei Mo, 'maar ik was bijna verdwaald en dan had ik hier niet gezeten. Ik vind het daar doodeng.'

'Toch moet het,' zei Mark. 'Anders zijn we gezien.'

'Letterlijk,' lachte Brambo. 'Dan zien ze ons. En volwassenen zijn altijd sterker.'

'Waarom?' vroeg Jeroen. 'Ik wil best vechten anders.'

'Ik ook,' zei Marnix. 'Als het erop aankomt.'

Slecht plan, dacht Renée. Ze doen stoer voor elkaar en ze hebben geen idee van de echte gevaren. Verhongeren bijvoorbeeld, ergens in de diepste spelonken van de Drakenkop. Dan vonden de volwassenen uiteindelijk alleen nog botjes terug. Ze rilde.

'Aan de slag dan,' zei Mark.

'Nu?' vroeg Renée. Ze viel om van de slaap.

Mark knikte. 'We moeten beddengoed en zo naar de grotten brengen. Dat is een hoop werk; we hebben geen tijd te verliezen.'

'Wie helpt mag op de terugweg met de kabelbaan,' zei Brambo.

'Jij helpt toch, Renée?' Geschokt draaide Renée haar hoofd om. Was dat echt Fouad?

Hij drong naar voren en ging naast Mark staan. Die sloeg een arm om hem heen, schudde hem heen en weer en liet hem weer los.

'Als jij nu meteen begint met bakken,' zei Fouad, 'kan Dana morgenochtend beginnen met het voedselvervoer.'

Renée staarde hem aan. Ja, Fouad, die nooit iets deed wat niet mocht, was overgelopen naar de Opstand.

'Kunnen we op je rekenen?' Hij keek net zo strak terug. Renée slikte. Hij had haar nog nooit iets gevraagd. Hoe kon ze nee zeggen?

'Alleen scheepsbeschuit?'

'Graag,' zei Fouad.

'Maar dan is er morgen geen brood.'

'Dat eten we maar een keertje havermoutpap.'

Niemand protesteerde. Renée begreep dat de stemming voorgoed veranderd was. Vanaf nu ging het écht om overleven.

'Drakeneiland voor altijd!' riep Mark. Hij knipte met zijn vingers. Op het terras van de Tapperij stonden de muzikanten op. Sanjay zette op zijn fluit de melodie van het Drakenlied in. Even later schalde het over het plein.

Eiland met je groene heuvels
Heuvels aan het gouden strand
Stranden met je wilde golven
Golven op het warme zand
Hier zijn wij ons hele leven
Eigen baas in eigen land
En de Draak?
En de Draak, die waakt!

Zing, zing de Drakenzang
Spring, spring de Drakensprong
Drink, drink de Drakendrank
Dans de Drakendans!

Inderdaad begonnen er kinderen te dansen. Te stampen eerder, en het zingen leek meer op schreeuwen.

Myrna stootte haar aan. 'Hoor je het? "Ons hele leven". Ze hebben de tekst veranderd.'

Renée trok een grimas. Altijd op Drakeneiland blijven... Zou dat echt kunnen?

Myrna zei: 'Tof dat je meedoet, joh. Ik dacht echt even dat je dwars zou gaan liggen.'

Opeens kreeg Renée een warm gevoel. Ze kon haar vrienden toch niet in de steek laten? Later zou ze het aan Jella uitleggen: *Ze hadden me nódig, snap je? Anders waren ze van honger omgekomen.* Jella zou het begrijpen... Dat van die logeerpartij was al drie jaar geleden, echt kinderen waren ze toen nog geweest.

Myrna schudde haar even door elkaar. 'Zonder jou redden we het hier niet, hoor!'

Renée glimlachte. Natuurlijk moest ze meedoen met de Opstand!

Bukziekte

'Kijk dat stipje!' Dana bleef staan en Reneé botste tegen haar op. Ze volgde de blik van haar vriendin, over de rug van de voorste ezel heen.

'Een boot.' Renée bleef hijgend staan, blij met de afleiding. Ze had de afgelopen dagen én nachten gewerkt en ze kon niet meer.

'Hij komt hierheen.'

'Denk je dat het de Snorrevrouw is?'

'Nee.' Dana schudde beslist haar hoofd. 'Veel te vroeg.'

'Maar dit is de dag, Dana. Het is Ajuparaplu.'

'Niet officieel.'

'Wel officieel.'

Met een hand boven hun ogen tuurden de meisjes naar de zee in de diepte. Die blikkerde en de middagzon scheen recht in hun ogen. Toch zag Renée een zwart vlekje recht op Drakeneiland afkomen.

'Wegwezen!' zei Dana. 'Kom op, Sjok!' Ze zwiepte met haar tak boven zijn rug. Dana zou haar ezels nooit slaan, maar dat wisten zij niet. Sjok zette er de sokken in en Choco volgde. Dana en Renée draafden naast de dieren mee, struikelend op het soms smalle paadje. Het ging makkelijk, want het ging hier bergaf.

'Stop!' gilde Renée ineens.

Dana stond meteen stil. Sjok keek om en volgde haar voorbeeld, Choco draafde hem voorbij en bleef toen ook staan. Dana was de leidster van hun kleine kudde.

'Wat is er?'

'We moeten terug,' zei Renée. 'Tenminste, ik moet terug.'

Ceder en Fouad zijn nog in Akropolis, en Wendel en Marisol. Je kunt van daar de zee niet zien.'

'Mompes! Niet aan gedacht,' zei Dana. 'Maar je kunt niet terug, hoor! Je moet me helpen afladen.' Ze klopte op een van de manden die aan Sjoks rug hingen. 'We hebben hier álle scheepsbeschuit! Dat moeten we de grot in krijgen voor ze komen. Trouwens, als de Snorrevrouw je ziet rennen? Dan weten de grote mensen meteen waar we verstopt zitten.'

Even aarzelde Renée. Haar hart zei dat ze haar vrienden moest waarschuwen. Maar Dana had gelijk. Ze zou iedereen in gevaar brengen als ze openlijk terugholde naar het centrum.

'Ik kan met de kabelbaan... Die loopt tussen de heuvels door. Dan val ik niet op.'

Dana keek omhoog naar de Piek. 'Dat haal je niet meer.'

De stip was nu een duidelijk herkenbaar schip.

'Wegwezen!'

Dana begon weer te rennen en Renée liep mee, ongerust als ze was. Zouden Ceder en Fouad op tijd beseffen dat ze in gevaar waren? De Parlevinkers waren achtergebleven om alles af te sluiten. Later, als de grote mensen het hadden opgegeven, zouden ze weer in hun huisjes gaan wonen. De afgelopen dagen waren de Drakeneilanders steeds optimistischer geworden. Ze hadden elkaar wijsgemaakt dat alles goed af zou lopen, en dat ze echt voor altijd op Drakeneiland zouden kunnen blijven wonen.

Het ging weer bergop. Onder hen lag het Meer van Glas te glanzen in de hitte. Renée zou best een duik willen nemen in het ijskoude water... Maar er was geen tijd te verliezen. Zwoegend en puffend sjouwde ze omhoog. En weer omlaag, tot aan het beekje dat zich verderop als de Waterval in het Meer stortte. Daar hield het paadje op – het was toch niet meer dan een spoor eigenlijk.

39

'En nu?' vroeg Dana.

'Ik dacht dat jij de weg wist!' zei Renée.

'Jakko weet de weg. Zelf neem ik altijd gewoon de brede paden.'

De meisjes tuurden naar het zuidwesten. De Drakenkop was duidelijk te herkennen. Aan de andere kant was de hoofdingang, een grote opening die gaapte als de bek van een draak. Maar ze hadden afgesproken die niet te gebruiken. Op de noordflank van de berg was een andere toegang, die Losbol eens bij toeval had ontdekt.

'Rechtsaf, denk ik,' zei Dana. 'Laten we de beek maar volgen.'

Renée knikte. Aan de noordkant van de heuvels zou de Snorrevrouw hen in ieder geval niet ontdekken.

'Snel maar,' zei ze.

Maar de ezels strekten hun nekken en begonnen te drinken.

'Vort!' riep Dana. 'Schiet op jullie! Ze komen ons halen!' Maar Sjok en Choco trokken zich niets van haar aan.

'Zie je het schip nog?' vroeg Dana, die met haar tak stond te zwaaien.

Renée schudde haar hoofd. Een bult versperde het zicht naar de zee. Ze hijgde nu niet van inspanning, maar van angst. Ze had de kabelbaan moeten nemen om de anderen te waarschuwen! Nu zouden ze straks overrompeld worden door de Snorrevrouw.

Eindelijk hadden de ezels genoeg gedronken. Ze lieten zich verder leiden, de pas tussen twee heuvels door, en verder langs de hellingen van de Groene Heuvels. Na een tijdje kwamen ze op een pad dat Dana herkende omdat ze er wel eens met Jakko was langsgekomen.

'Nog een klein stukje.'

Ineens klonk er een hard geklingel achter hen. Renée

sprong niet snel genoeg aan de kant en werd omver gefietst. De fiets vloog tegen Sjoks achterbenen aan, een meisje vloog door de lucht en landde in een struik.

'Ceder!' riep Renée. Ze krabbelde op. Ze lachte van opluchting.

'Sorry!' riep Ceder. 'De remmen doen het niet.' Ze sprong overeind en plukte een paar stekels uit haar broek. 'Lopen jullie hier nou nog? De Snorrevrouw komt eraan! Waarschijnlijk ligt haar schip al in de haven.'

Nu kwamen Fouad en Marisol de bocht om. Gelukkig konden zij wel op tijd remmen.

Maar ze riepen: 'Sta niet zo! Door, door!'

'En Wendel?' vroeg Renée. 'Waar is hij?'

'Hij komt later. Hij moest de laatste Tamtams verbranden. Al onze plannen staan erin! Die sukkel van een Nieuwsjager had niet opgeruimd.'

De twee Parlevinkers waren nu de ezels voorbij en staand op de trappers raceten ze verder naar boven. Ceder zat ook alweer op haar fiets.

'Gauw! Ze heeft een radio en voor je het weet komen ze met honden of zo!' Ze verdween tussen twee overhangende rotsen.

Dana en Renée holden hen achterna, Dana voorop en Renée voor de zekerheid achter de ezels. Stel je voor dat ze de manden zouden verliezen!

Gelukkig had Dana gelijk gehad: het was niet ver meer. Ze moesten een zijpaadje omhoog nemen, dat om bulten en uitsteeksels kronkelde voor het helemaal verdween. Maar na nog een bocht stonden ze voor een donkere holte. Aan niets was te zien dat zich daarbinnen kinderen schuilhielden... Ze moesten zich bukken om naar binnen te kunnen. De ezels vertrouwden het niet. Sjok wilde Dana nog wel volgen, maar Choco bleef staan, spreidde zijn voorpoten en balkte boos. Renée kon hem wel begrijpen. Er kwam een kille, muffe geur uit de stikdonkere grot.

'Stil!' Dana sprong op Choco af en hield zijn kaken op elkaar. 'Renée, duw tegen zijn kont! Hij móét naar binnen! Er zitten jakhalzen en slangen tussen de rotsen.'

Renée vond het een beetje eng om tegen Choco te duwen. Zou hij niet naar achteren trappen, als een paard? Maar toen Dana naar buiten kwam om te helpen, wilde hij helemaal niet meer.

'Waar blijven jullie nou?'

Het was Ceders stem, maar ze zagen haar niet in het donker. 'En dat kabaal! Straks horen ze ons nog!'

'Help dan,' hijgde Dana. 'Mijn schatjes weigeren de grot in te gaan.' Want Sjok was inmiddels ook weer naar buiten gekomen, zijn bazin achterna.

Ceder doemde op als een bleke schim, met Jakko achter haar aan, en Gerrit en Marnix, potige jongens. Gerrit brak een tak van een struik.

'Als je mijn ezels slaat, mep ik jou!' dreigde Dana.

Op haar aanwijzing vormden ze een kring die ze strakker en strakker maakten, totdat de ezels vanzelf naar binnen werden gedreven. Ze leken bang, maar dat kwam misschien doordat Gerrit en Marnix hen tóch sloegen, al deden ze dat met hun vlakke hand en alleen op de dikke ezelbillen.

De ruimte was ongeveer vijf bij vijf meter en vol geiten. De ezels pasten er amper bij. Jakko en Marnix zetten een grote platte steen voor het gat. Links en rechts en aan de bovenkant scheen er nog licht langs. Renée merkte dat het helemaal niet zo pikdonker was binnen.

'Jullie waren de laatsten. We houden continu de wacht hier,' zei Marnix.

'Wendel is nog buiten,' zei Renée.

'Die zorgt wel voor zichzelf.'

Renée dacht dat Wendel daar misschien anders over dacht. Dat hij zich wel ellendig zou voelen in zijn eentje, terwijl alle anderen veilig waren.

Ze keek de ruimte rond. Dit kon toch niet alles zijn? Maar ze zag nergens een doorgang.

'Waar is de rest?'

Jakko wees. Boven in de ruwe achterwand bleek een doorgang te zitten. Er kwam een zwak schijnsel uit.

'Mark is met een fakkel bezig een streep te tekenen. Als we die volgen komen we vanzelf in de zaal uit. Daar gaan we slapen en eten en koken – nou ja, alles eigenlijk.'

Ergens stroomde water. Dus zelfs daarvoor hoefden ze niet naar buiten. Maar Renée merkte dat ze moest plassen.

'Enne... dinges?' vroeg ze. 'Waar doen we dat?'

'Er is ergens een gat,' zei Ceder. 'Heel diep. Want eh... na een hele tijd hoor je een plons.'

'We denken dat het uitkomt in de Groene Grotten,' zei Gerrit. 'Als ze langs die weg proberen te komen, schijten we ze gewoon op hun kop.' Hij gaf Marnix een high five.

Renée begon de manden af te laden. Op een ervan lag een rol touw, en dat was wel nodig ook, want je moest langs een stapel stenen klauteren om bij de nauwe doorgang te komen. Dana keek of er genoeg te eten was voor de ezels, maar daar had Jakko de afgelopen dagen al voor gezorgd. Toen klommen ze één voor één naar boven.

Jakko was heel snel boven, met het touw, en liet het vallen voor Dana, die het om de hengsels knoopte. Renée hoefde niets te doen. Jakko en Dana werkten soepel samen – dat kon alleen als je elkaar al je hele leven kende. Het deed haar aan Jella denken. Zou ze haar zusje ooit nog terugzien? Ze begon al een beetje spijt te krijgen dat ze had ingestemd met de Opstand. Weer moest ze aan Wendel denken. Hij

44

zou toch niet stiekem met de Snorrevrouw meegaan?

Ze was blij dat ze hulp kreeg bij het klimmen, van Gerrit beneden en Jakko boven. Ze zag weinig doordat de gang die daar begon heel nauw was. Ze kon er de mand met de scheepsbeschuit nauwelijks doorheen duwen. Maar terwijl ze door de zwak verlichte gang vooruitkroop, zag ze inderdaad dat een roetstreep langs de wand de weg wees. Uit zijgangen kwam nu en dan een venijnige tocht. Eindelijk werd de gang wijder en konden ze lopen, eerst nog gebukt, en eindelijk rechtop. Even later werd het nog breder zodat ze naast elkaar konden lopen; Ceder nam nu het andere hengsel van Renées mand.

'Gelukkig waren jullie net op tijd,' zei Ceder. 'Stel je voor dat de Snorrevrouw jullie had tegengehouden!'

'Dan zaten jullie zonder eten, bedoel je?' vroeg Renée. Het klonk scherp, maar ze was niet helemaal zichzelf. Het was zo kil en zo donker en zo levenloos hier. Zo anders dan de warme gezelligheid van het plein bij de eik en de soezerige stilte van de bakkerij. Ze grabbelde in haar zak. Gelukkig, Ollie was er nog.

Wat moest ze hier?

'Ja, dan zaten we zonder eten én zonder jou,' zei Ceder. 'Ik moet er niet aan denken!'

Toen voelde Renée zich beter.

Marnix, die voorop ging, moest bij splitsingen een paar keer goed kijken welke kant ze op moesten. Voor Renées gevoel waren ze nu midden in de berg. Er was lucht genoeg en toch kreeg ze het er een beetje benauwd van. Stel je voor dat er een aardbeving kwam… En ze bedolven zouden raken onder stenen en puin…

Maar zodra ze Myrna zag, was dat gevoel over. De Huisvester stond midden in de grote zaal en timmerde samen met Stijn aan een enorme tafel die uit allerlei losse kisten bestond, zodat het tegelijk een kast was. Aan rotspunten rondom waren hangmatten opgehangen, door de Kleermaker genaaid van visnetten. In een nis achter een paar pilaren laaide een enorm vuur, dat de kilte verdreef.

'Renée!' riep Myrna. Ze legde haar hamer neer en omhelsde haar. 'Ik heb je gemist, man! Ik had het hier zó druk... Heb je de scheepsbeschuit?'

'Kilo's en kilo's,' zei Renée. Ze liet de mand zien. 'Waar wil je dat hebben?'

In de uren die volgden waren ze allemaal druk met inrichten en inruimen. Renée moest steeds aan Wendel denken, maar van beneden, waar Gerrit en Dana de wacht hielden, kwam geen bericht dat hij was aangekomen. En waar was de Snorrevrouw? Was ze weer weggevaren? Had ze via de radio versterking opgeroepen?

Brambo draafde voorbij. Renée greep hem bij de arm.

'Kun je geen uitkijkpost uitvinden?'

Brambo lachte. 'Die is al uitgevonden. En gemaakt, door de natuur. Zie je die gang daar, die zo steil omhoog loopt? Die komt uit in de Drakenbek, je weet wel, de voorste grot aan de westkant. Mark staat daar op de uitkijk met een verrekijker. Jeroen en ik houden om de beurt de wacht op de Piek. En Fenna en Dikkie klauteren heen en weer met nieuws.'

'En?' vroeg Renée.

'Geen idee,' zei Brambo. 'Ik heb het te druk. Ik moet een takelsysteem bedenken. Dan kunnen we vis ophalen uit de Groene Grotten.' Hij liep weer door.

Renée ging bij het vuur kijken, waar ze met Bibi van brokken steen een oventje probeerde te bouwen. Ze moesten straks maar pizza maken van het laatste meel, dat gaf een gevoel van thuis. Als iedereen zich lekker rond at en met een warm buikje in slaap viel, hadden ze geen tijd om bang te worden...

Ze was er ingespannen mee bezig en ze vergat al het andere. Maar opeens veranderde het geroezemoes in de zaal. Hetzelfde bericht werd van kind tot kind doorgegeven: 'De Snorrevrouw is weg! Het schip is weggevaren!'

'Yes!' klonk het uit een donkere hoek.

'We hebben gewonnen!' riep Brambo.

Er werd gejuicht. Zwakjes.

'Drakeneiland is eindelijk echt van ons.' Dat was Jasmijn. Het klonk als een zucht.

Door het geroezemoes heen klonk helder de stem van Dikkie: 'Kunnen we nou nooit meer naar huis?'

De stemmen verstomden. De kinderen keken elkaar aan. Bibi greep Renées hand, en ze zag andere kleintjes hetzelfde doen. Een paar van de jongere kinderen begonnen te huilen. De groteren sperden hun ogen wijd open, donkere gaten in bleke gezichten. Iemand zuchtte trillend.

Jasmijn zette het Drakenlied in: 'Eiland met je groene heuvels...' Maar dat maakte het erger, want niemand zong mee. De groene heuvels en de gouden stranden leken ver weg, hier in het donker. Renée zag in gedachten het schip van de Snorrevrouw verder en verder wegvaren... Ze voelde tranen in haar ogen komen.

'Verdozie,' zuchtte ze. 'Nou krijgen we allemaal bukziekte.'

Ineens wist ze zeker dat de zon was ondergegaan. Het vuur zakte in en er werd gesnauwd en gemopperd. De kinderen hadden hard gewerkt en van eten was het niet gekomen.

'Mijn muis!' gilde Koentje. 'Ik wil mijn muis!'

Nog een paar kinderen bleken hun knuffel kwijt te zijn. Fenna werd woedend omdat Myrna haar dierbare slaaplakentje als kastgordijntje had gebruikt. Jasmijn zat te simmen omdat ze vergeten was slaapkruiden te plukken. Ruben kreeg ruzie met zijn hulpje om een moersleutel. Het was niet tegen te houden: binnen een uur zouden alle Drakeneilanders last hebben van bukziekte.

'Begin aan het deeg,' zei Renée tegen Bibi. 'We hebben pizza nodig. Veel pizza.'

Een verrader

Uitgeput van het pizza's bakken viel Renée in haar hangmat. De afgelopen dagen was ze onafgebroken aan het werk geweest en ze kon niet meer. Ze wrong haar vinger in het olifantje en probeerde te slapen.

Maar dat lukte niet. Overal lagen kinderen te snuffen, te snikken en te hikken van het huilen. De geluiden werden weerkaatst door de hoge rotswanden, wat griezelige echo's opleverde. Niet alleen de kleinere kinderen hadden het te kwaad, ook oudere kinderen, de kinderen op wie iedereen rekende. Zoals Marisol, die jammerde dat ze het benauwd had. Of Linda, de altijd kalme Schrijver die mopperend in haar spullen bleef rommelen omdat ze haar schrijfblok niet kon vinden. Wouter, die luidkeels klaagde over honger, maar de extra scheepsbeschuit die Renée hem gaf niet hoefde. Julia, die met haar handen om haar knieën zat te sniffen omdat ze haar lievelingsboek was vergeten. En Mark, die uitviel tegen zijn hulpje Niels omdat hij uit zijn hangmat rolde. Waarna Niels begon te huilen...

Door al die onrust heen snerpte opnieuw de kreet van Koentje: 'Mijn múís! Ik wil mijn múís!'

Renée ritste haar slaapzak open en sprong op de grond. Tegen Myrna, die vlak bij haar lag te zuchten, zei ze: 'Ik ga terug naar Akropolis om die knuffels te zoeken. Ga je mee?'

Myrna stond meteen naast haar.

'Zo doe ik toch geen oog dicht.'

Maar ze waren niet meer zo stoer toen ze door de donkere gangen terugkropen naar de achteruitgang. Nu de meeste fakkels in de zaal uit waren, was het er een stuk donkerder.

Renées zaklamp flikkerde – het lampje zat los – en Myrna's batterij was bijna leeg. Gelukkig voelden ze een zwakke stroom frisse lucht en hoorden ze het beekje kabbelen dat naar buiten stroomde. De echo's van het gejammer werden griezeliger naarmate ze verder weg kwamen, maar toen roken ze ineens de warme geur van dieren. Even later schoven ze achterstevoren door het smalle gat en voelden met hun voeten naar de trap. Choco balkte even toen Renée opeens naast hem stond, en de geiten stoven aan de kant, maar ze was meteen niet bang meer. Er kwam zelfs nog een zwakke schijn van buiten door de kieren. Was het de maan?

'Gek,' zei Myrna gedempt, 'ik dacht dat hier altijd iemand op wacht zou staan.'

Toen klonk er een schrapend geluid. De steen die de ingang blokkeerde werd aan de kant geschoven. Renée en Myrna grepen elkaar vast en wachtten angstig af. Waren ze nu al gevonden?

Er verscheen een grote, donkere gestalte in de opening. Een groot mens! Renée slaakte een kreetje.

'Verduizend!' riep de gestalte met zware stem – maar dat was een vloek van de Woordenbedenker, dus het moest een Drakeneilander zijn.

'Marnix?' vroeg Renée aarzelend.

'Wat doen jullie hier? Ik schrik me wezenloos. Jullie horen te slapen.'

Ze legden het uit. Marnix liet hen naar buiten en gaf hun een wachtwoord.

'Drie keer de kreet van een jakhals. Anders doe ik niet open.'

'Hoe klinkt een jakhals?'

'Eh... ze huilen, als wolven. Of ze keffen, als honden. Of ze lachen, als een hyena. Ik weet niet – kies zelf maar. Zolang je maar niet klinkt als een mens.'

De steen schraapte weer over de grond en toen stonden ze buiten. Tot hun verwondering was de hemel in het westen nog licht. In de grot waren ze hun gevoel voor tijd kwijtgeraakt. Dus zo snel ging dat...

'Voorzichtig,' zei Renée toen ze begonnen aan de afdaling over het smalle paadje. 'We hebben niks aan een verstuikte enkel.'

'We gaan naar de Piek.' Myrna wees naar de top die boven alles uitstak. 'Met de kabelbaan zijn we zó in het dal.'

'Is dat niet gevaarlijk? Als de kabel knapt...'

'Knapt niet,' zei Myrna. 'Brambo en ik weten heus wel wat we doen.'

Toen klonk er een onheilspellend gejank. Weer grepen de meisjes elkaar vast.

'Een jakhals!' fluisterde Myrna.

'Dus daarom zien we ze nooit,' zei Renée. 'Ze leven 's nachts. Nu weten we meteen wat voor geluid ze maken.'

'Totdat Jakko kebab van ze maakt.'

'Schei uit!' Maar dat spookachtige gehuil nam Renée niet voor de jakhals in. Wat zou het betekenen? *Kijk uit, er sluipen twee bemoeials van kinderen door ons jachtgebied* misschien. Vanaf dat moment zag Renée overal in de schaduwen ogen loeren. Meer dan eens greep ze Myrna's hand, maar die zei: 'Jakhalzen zijn vast banger voor ons.'

Het was meer dan een uur klimmen en klauteren voor ze op de top waren. De stellage van de kabelbaan leek zwart en roerloos, maar opeens bewoog er iets op het platform. Renées adem stokte. Daar zat iemand!

'Wachtwoord!' siste de schaduw.

Myrna zette het op een janken, als een hond die op zijn staart was getrapt. Meteen klonk er antwoord uit de Kale Heuvels.

'Stil idioot!' De schaduw maakte zich los en sprong op de grond. Het was Brambo.

'Blijf jij hier dag en nacht?' vroeg Renée ongelovig.

'Beter dan in die muffe grot. Ik heb een hele zak van jouw scheepsbeschuit – ik hou het wel even uit hier.'

'Is er nieuws?' Myrna vergat te fluisteren.

'Sst! Geen nieuws.'

'Ook niet van Wendel?'

'Volgens mij sluipt die nog door Akropolis rond. Het lijkt alsof ik af en toe een lichtje zie.'

'Denk je dat de Snorrevrouw hem gespot heeft?'

'Dat weet ik wel zeker. Toen zij er was kringelde er rook op. Dat kan ze niet gemist hebben.'

'Dus ze hebben gezellig bij een vuurtje zitten babbelen?' vroeg Renée. Was Wendel een verrader?

Toen bedacht ze dat ze zelf ook niet zeker had geweten of de Opstand wel zo'n goed idee was.

'We moeten rekening houden met een overval,' zei Brambo. 'Er zijn vast en zeker politieboten onderweg. Jeroen is al versterking halen in de grot. We moeten Wendel overmeesteren en de wapens uit Akropolis ophalen.'

Renée schrok. 'Wapens?'

'De pijlen en bogen, de knuppels en de katapulten die Wendel in beslag heeft laten nemen.'

'Maar we gaan toch niet tegen elkáár vechten! Wendel is onze vriend!'

'Niet als hij een verrader is.'

Renée nam een besluit. Ze wilde Wendel eerst zelf spreken.

'Kom mee,' zei ze tegen Myrna. 'Wie het eerste beneden is.' Ze reikte naar het tuigje dat het dichtste bij hing en gespte het om.

'Niet doen,' zei Brambo. 'Hij is niet te vertrouwen.'

Maar Myrna volgde Renées voorbeeld en even later roetsjten ze door het steeds diepere donker naar het dal. Ze land-

den veilig op het dak van het postkantoor. Zachtjes lieten ze zich aan de achterkant op de grond zakken.

Renée legde haar vinger op haar lippen. 'Eerst zeker weten dat er geen volwassenen zijn,' fluisterde ze.

Ze slopen het plein op. Geen kip te zien. Renée was wel vaker alleen op als het donker was. Maar dan voelde je dat er overal kinderen lagen te slapen. Nu was de stilte doods. En het was meteen duidelijk dat er geen volwassene was achtergebleven – die hielden zich meestal niet zo stil.

Tussen de bankjes van de Parlevinkers door slopen ze naar het huisje van Wendel en Wouter. De luiken waren dicht. Myrna probeerde door een spleet te gluren, maar ze zag niets. Renée had het gevoel dat Wendel binnen was. Sliep hij? Heel voorzichtig opende ze de deur en gluurde door de kier. Op het stapelbed lag één slaapzak. Maar er lag niemand in. Ze sloot de deur weer.

'Hij is er niet.' Gek, ze had zeker geweten dat hij thuis was.

'Laten we die knuffels dan maar zoeken.'

Ze slopen van huisje naar huisje en verzamelden de dingen die de kinderen in de grot misten: Koentjes muis, Linda's schrijfblok, Heins kriebelkwastje, Julia's lievelingsboek, Bibi's verfomfaaide zebra, Luilebals pyamajasje... Ze moesten er helemaal voor naar de Diepte fietsen. Toen ze terugkwamen in het centrum, was er iets veranderd. Ze voelden het, maar ze wisten niet wat. Muisstil zetten ze de fietsen terug in het rek. Schuifelend langs de muren liepen ze het pad naar de Holte op. Renée moest nodig plassen. Myrna hield de wacht buiten het was- en plashok. Toen Rénee eruit kwam, hield Myrna haar mond bij haar oor en ademde bijna onhoorbaar: 'Ik hoorde iets. Volgens mij een motorboot.'

'Misschien is Wendel ontsnapt?' fluisterde Renée terug.

'Die? Die is zo technisch als een bol sokken. Nee, misschien een politieboot.'

Zonder te ademen stonden ze in het donker te luisteren. Ze hoorden niets meer.

'Laten we maar teruggaan,' zei Renée. Ze sloeg het kussensloop met de knuffels over haar schouder. 'Het is nog een heel eind klimmen.'

Ze had zo weinig geslapen de laatste tijd, dat het haar al gauw duizelde. Bovendien had ze steeds het gevoel dat ze achtervolgd werden. Maar als ze stilstond en achterom keek, was er niemand te zien.

'Even pauze,' hijgde ze na een tijdje. Ze waren halverwege de Piek. Boven hun hoofden hingen de tuigjes roerloos aan de kabelbaan. Maar nu hoorde Renée duidelijk geritsel in de struiken achter hen. Ze kneep in Myrna's hand en bracht haar mond vlak bij haar oor.

'We worden gevolgd. Volgens mij is het Wendel.' Ze wees. 'Daar, achter die struik.'

Myrna sprong op. 'Kijk!' siste ze. Ze keek niet naar de struik, maar wees naar de zee. Toen zag Renée het ook. Van hieruit konden ze de haven zien. Er lag één boot in, met een elektrisch licht. Dat was er geen van hen – en hun eigen boten waren verdwenen. Noch de motorboten, noch de gewone vissersboten lagen aan de steiger. Wat betekende dat?

En in de verte kwamen vreemde boten aan. Een hele vloot! 'Verraad!' riep Myrna.

Nu sprong er een bonkig iemand uit de struiken op hen af. Hij wierp zich op Myrna en gooide haar tegen de grond.

'Liggen! En kop dicht!'

Renée herkende zijn stem: het was Wendel. Hij had een schapenwollen trui aan en droeg een bultige rugzak.

'Jij ook, Renée. Liggen!'

Renée deed het – ze was zó gewend dat Wendel wist wat

er moest gebeuren. Ze begreep het niet – was de Voorzitter nu vóór of tegen de Opstand?

Plat tegen de ruwe bodem keken ze naar de naderende boten. Het waren er vier. Vlak bij de kust gingen er schijnwerpers aan, die op de kust werden gericht. Ze bestreken de hellingen van de Groene Heuvels.

'Ogen dicht,' zei Wendel. Hij tijgerde naar een grote steen en kroop erachter weg. Net op tijd, want het licht van een van de schijnwerpers streek over de oostelijke zijde van de Piek. Renée hield zich roerloos. Toen het schijnsel verder gleed, opende ze voorzichtig haar ogen. Op de steiger wemelde het nu van de stipjes. Politiemensen? Meneer Papadopoulos moest machtiger zijn dan ze dacht.

'Waarom heb je ons verraden?' fluisterde ze in de richting van het rotsblok. 'Alles ging juist zo goed.'

'Wacht maar af,' zei Wendel zachtjes.

'Tot we gepakt worden zeker!' Myrna lag haar knie te wrijven, die ze gestoten moest hebben toen Wendel haar tegen de grond werkte.

Maar Wendel wilde niets meer zeggen.

De stipjes knipten zaklantaarns aan, kleine gele vlekjes die het donker dieper deden lijken. Ook de westelijke hemel was nu donkerblauw, bijna zwart. In een sliert verdwenen de gele vlekjes tussen de Groene Heuvels. Tien minuten later doken ze weer op in Akropolis. Zo te zien werden alle huisjes doorzocht.

'Wat zoeken ze?' vroeg Renée.

'Aanwijzingen,' zei Wendel. 'Als er nog eten in de kasten zou liggen, of als er slaapzakken waren achtergebleven, of knuffels... Dan zouden ze weten dat we niet ver zijn.'

Renée kreeg een stomp van Myrna. Ze waren net op tijd geweest!

Af en toe gleed er een lichtstraal omhoog, naar de kabelbaan. Maar de lampen waren te zwak om de top te verlichten; Brambo op de Piek was veilig. Zou hij ook denken dat Wendel hen aan de volwassenen had verraden?

Renée merkte dat ze hoopte dat het maar gauw afgelopen zou zijn. Als ze werden gevonden, zouden ze straf krijgen. Maar vanaf dat moment zouden de volwassenen het overnemen. Ze zou kunnen uitslapen... Drie maanden lang had ze voor brood moeten zorgen. Iedereen had op haar geleund, nooit had ze een dag vrij gehad. Ze was zo verschrikkelijk moe. Haar ogen vielen dicht.

Ze schrok op en gaf zichzelf een klapje tegen haar wang. Niet inslapen! Alert blijven! Ze moesten Wendel in de gaten houden. Als Wendel hen had verraden, wat was dan nu zijn bedoeling? Waarom ontving hij die politiemensen niet met open armen? Waarom moesten ze zich stilhouden? En waar waren de boten van Drakeneiland gebleven? De feiten klopten niet met elkaar.

Ze tijgerde naar Wendel en kroop ook achter de grote steen. Myrna lag daar al, zag ze. Heel zachtjes vroeg Renée: 'Moeten we niet terug? De anderen waarschuwen?'

Ze wachtte gespannen op Wendels reactie. Hij kende de weg naar achteringang van de grot niet, want hij was al die tijd in het dorp gebleven. Als hij een verrader was, zou hij het vast een goed idee vinden. Op die manier zou hij de volwassenen gemakkelijk kunnen laten weten waar de kinderen zich schuilhielden. Een vuurtje maken was genoeg. Van groen hout, dat het lekker rookte... zodra de zon opging zou hij hen aan de volwassenen over kunnen leveren.

'Jullie moeten me de weg wijzen,' zei Wendel. 'Vannacht nog. Als meneer Papadopoulos er eenmaal achter is waar jullie zitten...'

Dus toch! Renée was geschokt. Wendel een verrader... Hij was zo verstandig, dat hij soms net een groot mens leek.

Maar hij was toch ook een Drakeneilander?

Wendel wees. 'Kijk...'

Renée gluurde over het rotsblok. Tot haar verbazing stroomden de lichtjes terug naar de boten. Niet zo veel later klonk het gepruttel van motoren in de verte. En in een lange rij voeren de boten weg. Niet terug naar het vasteland, maar om hun eiland heen, richting de Drakenkop.

'Dank aan de Draak,' zuchtte Wendel. 'Het is gelukt.'

'Moshommel!' Myrna schreeuwde; ze zouden haar nu toch niet meer horen. 'Je hebt ze de weg gewezen!'

'O ja?'

Wendel leek niet uit zijn evenwicht. Hij glimlachte zelfs een beetje.

'Ze varen recht op onze grot af! Vuile boktor!'

Renée legde haar hand op Myrna's arm.

'Laat het hem eerst zelf vertellen.'

Wendel schudde zijn hoofd. 'Het is een dwaalspoor. Jonathan en ik hebben het bedacht. De Vlootvoogd heeft met de Vissers onze boten naar Dodeneiland gevaren. En toen heb ik de Snorrevrouw verteld dat de anderen ervandoor waren. Weet je dat op Dodeneiland ook een grottenstelsel is? Ze zijn wel even bezig dat te doorzoeken.'

'En Jonathan en de Vissers dan?' Renée vertrouwde het niet. Wendel was zo te zien erg tevreden over zichzelf. Maar zijn verhaal klopte niet. 'Straks worden zij gepakt!'

'O, maar zij zijn niet meer op Dodeneiland. Het plan was dat ze in de schemering met de reddingboot terug zouden varen. Als het goed is, zitten ze veilig verscholen in de Zevende Zaal van de Groene Grotten. Zodra het kan, klimmen ze naar de schuilplaats in de Drakenkop.'

Renée keek hem aarzelend aan. Het kón. Als het waar was, zouden de volwassenen op Dodeneiland gaan zoeken, en Drakeneiland zelf met rust laten.

'Waarom sloop jij dan achter ons aan?' vroeg Myrna wantrouwend. 'Hoe weten we dat je de waarheid spreekt?'

'Ik ben jullie Voorzitter. Heb ik ooit gelogen?'

Renée keek hem aan. 'Ik denk dat we hem kunnen vertrouwen, Myr.'

'Maar waarom achtervolgde je ons dan?'

'Ik schrok me rot toen jullie aan mijn luiken rammelden – ik dacht eerst dat de politie er al was. Ik verstopte me in de kast. Toen hoorde ik jullie terugkomen en wat denk je – ik dacht dat jullie verraders waren. Daarom volgde ik jullie. Ik moest eerst weten wat jullie van plan waren.'

Renée en Myrna keken elkaar aan en toen weer naar Wendel.

'Ik denk dat hij de waarheid spreekt,' zei Renée toen.

'Natuurlijk,' zei Wendel. 'Ik kán helemaal niet liegen. En trouwens: de meerderheid heeft beslist. Het doet er niet toe

wat ik vind; hier op Drakeneiland doen we wat de meerderheid wil.'

Renée knikte. Ze keek over de rots. De politieboten waren
om een bocht verdwenen.

'Kom,' zei ze, 'naar de grot. De kleine kinderen hebben
hun knuffels nodig. En de groters – ik denk dat ze hun Voorzitter missen.'

De Zevende Zaal

Renée was opgestaan om te beginnen aan het deeg. Ze wist niet precies hoe lang het zou duren voor het dag was. Net als de meeste andere kinderen was ze na een paar dagen in het donker haar gevoel voor tijd kwijt, dus ging ze maar af op haar maag. En haar maag zei dat ze over een uur of drie wel zin zou hebben in een stukje vers brood...

Ze waren al aardig gewend aan het leven in de grot. De volwassenen waren niet teruggekomen en iedereen begon zijn draai te vinden. Jakko de Jager ving duiven en had zelfs al een jakhals geschoten. Rooie had voorzichtig een tuintje aangelegd op een vlak stuk aan de zuidkant van de Draken-kop en sloop gebukt rond met een gieter. Hassan timmerde kippenhokken en bracht Renée eieren. Myrna leerde metselen met vleermuizenpoep. Marnix hield iedereen tegen die buiten niks te zoeken had. Julia vertelde voor het slapen een verhaal. Ze had ook – en daar keek Renée wel van op – aangeboden Jakko's jachtbuit te slachten. Brambo en Jeroen zochten sluippaden naar hun uitkijkpost. Alleen de Schout kwam amper uit zijn slaapzak.

Terwijl Renée door de zaal naar de nis met het grote vuur liep, kreunde hier en daar een slaperig kind. Hein draaide zich om en rolde bijna uit zijn hangmat; Renée kon hem nog net opvangen en terugduwen; hij werd niet wakker. Bibi lag bloot; Renée legde de deken wat beter over haar heen. Haar hulpje mocht nog wel even slapen, die moest straks nog hard genoeg aan de slag. Renée porde in de smeulende kolen en blies net zolang tot ze een vlammetje had.

Ze was bezig de droge takken in de bakoven aan te steken, toen er opeens geschuifel en gerommel klonk in een van de gangen. Ze hield haar adem in – wat nu weer? Toen weerkaatste er een rauwe kreet tegen de wanden van de zaal 'Auwauwauwau!' Renée verstijfde. Wat was dat? Een wild dier? Of hadden ze een grotmonster gewekt?

Ze voelde dat her en der kinderen ontwaakten, maar die hielden krampachtig hun mond, waarschijnlijk uit pure angst. Het gebrul kwam uit de Slokdarm – de steile gang die naar de Drakenbek voerde. Renée kwam overeind en staarde naar de opening. Haar adem stokte. Toen buitelde er een jongen de zaal in. Hij krabbelde overeind... en toen pas herkende Renée hem.

'Mark! Word je achternagezeten?'

'Sst!'

'Maar dat gekrijs!'

'Dat was ik. Stom van me.' Mark legde haar met zijn hand het zwijgen op. Op dringende toon zei hij: 'Allemaal wakker worden! Onraad!' Hij likte aan een schram op zijn pols.

Meteen stonden Ceder en Fouad naast hem, Ceder met piekharen, Fouad met zijn ogen nog half dicht.

'Wat is er gebeurd? Heb je gevochten?'

'Nee, ik struikelde en ik rolde wel honderd meter door, die gang is zo steil. Maar luister! De politie is teruggekomen!'

De Drakeneilanders staarden hem aan. Net nu ze dachten dat ze veilig waren.

'Met twee boten. Ze zijn de Groene Grotten binnengevaren.'

Jeroen rolde uit zijn hangmat. 'Verduizend!' Hij kwam op hen toe. 'De Groene Grotten in? Dat is een ramp!' zei hij gedempt.

'Waarom?' vroeg Marisol. Ze leek niet geschrokken. Renée was wel bang, en ze zag Luilebal zijn pyjamajasje tegen zijn gezicht drukken.

63

'De Zevende Zaal,' zei Jeroen, 'is hier recht onder. Tenminste, dat denk ik.'

Het werd nóg stiller. Alsof iedereen tegelijk zijn adem inhield. Er was niets te horen. Of toch? Was dat niet een doffe bonk, die zich voortplantte door de steenmassa?

'Iedereen stil zijn dan,' zei Ceder. 'Niet meer rennen, alleen sluipen. Niet gillen of huilen...'

Bibi, Koentje en Hein persten hun knuffels tegen hun borst. Hun ogen stonden groot.

'En geen vuur meer,' zei Jeroen. 'Dat ruik je van ver.'

'Iemand moet Jakko gaan halen,' zei Mark. 'Hij mag niet meer door de heuvels rondsluipen.'

'Doe ik wel,' zei Jeroen.

Wendel keek van de een naar de ander, maar hij zei niets.

'En Brambo?' vroeg Marisol. 'Die zit daar in zijn eentje op de Piek.'

'Brambo redt zich wel,' zei Mark. 'Hij heeft die politieboten ook vast gezien.'

Jeroen fluisterde Jonathan iets in het oor. Jonathan werd rood en gaf het zachtjes door aan Wendel. Wendel schraapte zijn keel.

'Ja,' zei hij. 'Dus. Nou. Het zit dus zo – de koker waar we... je weet wel...'

'Poepen?' vroeg Koentje.

'Ja. Dat diepe gat. Dat komt uit in de Groene Grotten. Toch, Jeroen?'

Jeroen knikte.

'Dus niet meer piesen en poepen tot het sein veilig wordt gegeven?' vroeg Ceder.

'Huh?' vroeg Koentje.

'Je moet het ophouden tot het weer mag,' zei Ceder.

Jeroen knikte. 'Fakkels en zaklampen uit,' zei hij. 'Als ze omhoog kijken en licht zien...'

'En niet rennen of spelen of lachen,' vulde Mark aan. 'Er mag geen geluidje te horen zijn.'

'En dat zegt de Spellier,' zei Fouad.

Mark knikte ernstig. 'Dit is geen tijd om te spelen,' zei hij. 'Dit gaat om leven of dood.'

Renée fronste. De spanning zou de kleintjes te veel worden. En dan was het moeilijk ze stil te houden. Ze moesten beziggehouden worden...

Opeens wist ze het. Ze liep zacht naar Losbol en Luilebal, de Kunstenaars.

'Hebben jullie krijt?'

'Nee,' zei Luilebal. Hij klonk als een kleuter.

'Jawel,' zei Losbol. 'Houtskool genoeg. En brokjes rode aarde. En witte klei, van de oever van de onderaardse beek.' Hij lachte opeens, maar sloeg meteen zijn hand voor zijn mond. 'Rotstekeningen! Dat bedoel je toch?'

Renée knikte. 'Hou de kleintjes bezig, dat ze geen lawaai gaan maken.'

'In het donker?' vroeg Losbol.

Renée en Luilebal keken naar Mark.

'Vooruit dan,' zei hij. 'Daar helemaal achterin mag wel een lichtje aan. Hè Jeroen?'

Losbol maakte een handstand en kwam geruisloos weer op zijn voeten neer.

'Kom op, Luilebal,' zei hij. 'We gaan schooltje spelen.'

Renée schopte as over de gloeiende kooltjes in de vuurplaats. Vandaag werd het scheepsbeschuit.

De tijd verstreek langzaam. Julia fluisterde verhalen, Dorinde sloop rond met kralen en rijgdraad, Losbol tekende voor zijn klasje draken op de rotswanden.

Door de gangen die op de zaal uitkwamen glipten bewakers: Jakko, die niet op jacht mocht, Jeroen, die slecht stil kon zitten, Pierre, die anders te veel zou kletsen. En Dana en Myrna, omdat ze niet bang waren.

Renée moest met Bibi voor eten zorgen. Scheepsbeschuit. Gedroogd zeewier. En nog meer scheepsbeschuit. Hester, de Waard, schonk er citroenlimonade bij. Mondjesmaat, anders moest iedereen weer plassen.

De angst was zichtbaar. Af en toe hield iemand op met werken om te luisteren. De kleintjes zaten dicht om Julia en Dorinde heen. Bleke lachjes en hier en daar een pruillip – en dan weer die opgestoken oren. Mark hield boven in de Drakenbek weer de wacht, Marnix beneden bij de achteringang. En dan was ook Brambo er nog, boven op de Piek, die zeker alarm zou slaan als hij iets verdachts zag. Toch zat niemand op zijn gemak; iedereen stond op scherp.

Ergens rolde een steentje; meteen sprongen zes of zeven Drakeneilanders overeind en keken gejaagd om zich heen.

Gek eigenlijk, dacht Renée. Zijn we zó bang om terug te moeten naar het gewone leven? Waarom dan?

Ze probeerde het zich voor te stellen. Weer iedere dag naar school. Huiswerk maken. Suffe maaltijden, altijd dezelfde vragen van haar ouders. Doe dit, laat dat, je moet... je mag niet... Onder de dekens chatten met Jella en dan slapen. Ja, dat was dodelijk saai!

Aan de andere kant: dan was ze wél veilig. Dan werd er voor haar gezorgd. Dan hoefde ze niet steeds op te letten of er niets misging.

'Gaat het?' klonk het naast haar oor. Renée schrok op. Iemand schoof naast haar op de rotsrichel waar ze zat. Fouad. Ze trok haar bil een beetje in.

'Jawel,' zei Renée.

'Niet?'

Ze haalde haar schouders op. 'Ik wil écht niet naar huis – maar van bang zijn word je zo moe.'

'Alles is opeens anders,' knikte Fouad. Hij zat dicht tegen haar aan – omdat hij moest fluisteren natuurlijk. 'Een paar dagen geleden wist ik nog precies hoe alles zat. Nu hebben de stoere jongens het overgenomen. Naar Wendel en Ceder en mij luistert niemand meer.'

Renée keek hem van opzij aan. 'Vind je dat erg?'

Fouad boog zijn hoofd. 'Het is Opstand. Dan heb je meer aan die stoerlingen.'

Dus hij vond het wél erg. Hij liet zich alleen niet kennen.

'Ik ben niet zo praktisch,' ging Fouad door. 'Niet handig, zoals jij.'

Ander onderwerp, dacht Renée.

'Wat voor dag zou het zijn?' vroeg ze. 'Ik ben de tel kwijt-geraakt.'

Fouad scheen met zijn zaklamp op zijn horloge, waar een vakje op zat met de datum. 'Gisteren was het echt Ajupara-plu.'

'Dus nu zijn we sowieso in opstand.'

'Ze zullen wel boos zijn, thuis.'

'Of ongerust...' zei Renée. Wat zou Jella denken? Dat Renée haar in de steek gelaten had – voorgoed?

'Niet over mij,' zei Fouad. 'Om mij maakt nooit iemand zich zorgen. Ik red me wel.'

'Doe je toch ook?'

Fouad haalde zijn schouders op. 'Misschien doordat we geen daglicht zien. Ik word er gek van, jij niet?'

'Van het niksen, ja. Ik krijg er wiebelbenen van.'

Fouad glimlachte.

'Ik vind je leuk,' zei hij.

Renée schrok zich een ongeluk.

'Ik ben helemaal niet leuk!' zei ze, veel te hard.

Een paar zaklampen schenen hun kant uit. Renée voelde dat ze dieprood werd.

'Sst!' siste Ceder. 'En doe die lampen uit.'

Renée kwam overeind. 'Ik ga een toetje maken.'

Fouad lachte breder. 'Jij bent niet stuk te krijgen.'

Renée struikelde door het bijna-donker. Ze zag het kippenhok pas toen ze er vlak voor stond.

'Heb je eieren?' vroeg ze aan Hassan. 'Ik maak tiramisu. Met citroensmaak.'

'Tof,' zei Hassan. Hij wees op zijn kippen. Hun snavels waren dichtgebonden met reepjes stof. Gekakel zou hen meteen verraden. 'Als het maar niet te lang duurt,' zei Hassan. 'Vogels zijn gauw uitgehongerd.'

Toen klonk er een dreunende slag door de grot.

De gewelven weerkaatsten het geluid, BONG – BONG – BONG – bong – bong...

Geen kind bewoog meer. Het geluid stierf weg; er volgde een stilte. Daarna de kreet van een man, vervormd, verbasterd, kaatsend tegen de wanden, maar niet zo hard als de slag eerder. Onverstaanbaar.

Daarna: vele stemmen, het leek wel een voetbalstadion vol, maar het moesten echo's zijn.

Sanjay, die scherpe oren had, wees naar een van de gangen. Ja, daar leek het geluid vandaan te komen. Ergens in die gang was het gat dat ze als wc hadden gebruikt. Die geluiden stegen op uit de Zevende Zaal van de Groene Grotten. Dan zaten de politiemensen dus nog steeds vlak onder hen.

Renée wilde naar het midden van de zaal lopen, maar een gebaar van Ceder hield haar tegen. Geen geloop, beduidde ze. In de hoek bij de grottekeningen gingen de kaarsjes uit. Het was nu aardedonker.

Niemand verroerde zich. Renée kreeg ineens het vreemde gevoel dat ze alleen was in de grote ruimte. Ze hoorde zelfs niemand ademen.

De echo's bedaarden. Er kwam nu alleen stemmengemurmel van beneden, en even later hield ook dat op. Er klonken nog wel metalige knallen. Was er iets ontploft? Was de politieboot op een rotspunt gelopen? Gezonken misschien?

Roerloos staan was niet makkelijk. Renée kreeg steken in haar heup. Ze wist opeens zeker dat ze haar plas niet zou kunnen ophouden. En ze rook dat een ander kind, niet zo ver van haar vandaan, het inderdaad in zijn broek had gedaan. Het gevoel dat ze helemaal alleen was in het donker verdween erdoor.

Maar het duurde zo verschrikkelijk lang. Wat deden die agenten? Klauterden ze op dit moment aan touwen naar boven? Wisten ze dat de kinderen zich boven hun hoofd schuilhielden? Renée kon er niets aan doen, ze schuifelde stilletjes, voetje voor voetje, naar het midden van de zaal. En ze merkte dat meer kinderen dat hadden gedaan, want ze voelde lichamen. Handen grepen de hare, een arm lag om haar rug. Daar stonden ze nu, een kudde kinderen, dicht tegen elkaar aan, als bange geiten.

Hoeveel tijd ging er voorbij? Genoeg om slapende voeten te krijgen. Het klamme zweet op Renées rug droogde op. Iemand vocht tegen een hoestbui. Renée schrok wakker uit een dagdroom – ze zat het verhaal aan Jella te vertellen, thuis in bed.

'Psst,' zei iemand.

Er ging een schok door de groep kinderen.

'Ben ik al in de zaal? Mark?'

'Stil,' fluisterde iemand.

'Dank aan de Draak,' fluisterde de ander. Was het Pierre? 'Ik dacht dat ik verdwaald was.'

'Mond dicht,' zei Marnix scherp. 'Ze zitten hier recht onder.'

'Niet meer,' zei Pierre. 'Ik heb door het poepgat gekeken. Ze waren op een rots gelopen. Ze zijn meteen omgedraaid.'

'Ik heb geen motor gehoord,' zei iemand.

'Ze waren met sloepen. Ze roeiden.'

Renée ging op haar andere been staan. Ze wiebelde met haar knieën. Het prikkelen werd minder.

Geschuifel. Een zwak schijnsel, dat sterker werd. Uit een andere gang kwam Jeroen.

'Uit dat licht!' zei Wendel.

Jeroen scheen met de lamp in zijn gezicht. Hij deed hem niet uit.

'Wat is hier gebeurd?'

'Doe die lamp uit, Koddebeier,' zei Marnix.

Nu deed Jeroen het wel.

'De politie zit in de Zevende Zaal.'

'Zát,' zei Pierre.

Nu klonk er geratel van steentjes uit de Slokdarm. Iemand kwam de grot in hollen.

'Ze zijn weg!' Het was Mark. 'Ze hebben het opgegeven. Er kwam daarnet een boot de Roversbaai uit, een motorsloep.'

'En de andere?'

'Niet gezien,' zei Mark.

'Lek, denk ik,' zei Pierre. 'Die hebben ze vast achtergelaten.'

'Kan kloppen,' zei Mark. 'Die ene motorsloep lag heel diep. Ik zag er héél veel zwarte stipjes op.'

'Dan zijn ze overgestapt.'

'En nu met z'n allen op weg naar huis.'

De kinderen weken uiteen. Zaklampen gingen aan. Zes, zeven kinderen renden met hun handen voor hun buik naar de gang waar Pierre uit was gekomen. Fenna stond zielig in een plas. Dikkie moest overgeven.

Jasmijn hield zijn voorhoofd vast. 'Het is de spanning,' zei ze.

Renée hoorde Myrna zachtjes neuriën. Dana begon mee te zingen, en toen Moon en Marisol, Mark, Wouter. Luider en luider zongen ze.

Hieieier zijn wij ons hele leven… eigen baas in eigen land!

Het schalde door de zaal, het stuiterde van rots naar rots, het galmde de gangen in.

En de Draak, en de Draak… die waakt!

'Stil!' riep Wendel. 'We moeten vergaderen!'

Maar niemand sloeg acht op hem.

Renée had een katterig gevoel, alsof er iets fijns niet door was gegaan. Onzin! Ze waren nu toch veilig?

'Aan de slag,' zei ze tegen zichzelf. 'Tiramisu maken, hup.'

De expeditie

'Dus,' zei Marnix. Hij stond breed en groot in de opening naar buiten. Was hij gegroeid de afgelopen tijd?

'Wat?' bromde Wouter. Wendel stootte hem aan. Zelfs de vroegere Voorzitter legde zich neer bij de nieuwe leiding. Behalve Marnix, Jeroen, Jakko, Mark en Brambo had niemand meer iets in te brengen.

'Ik ga akkoord met deze expeditie,' ging Marnix door. 'Maar jullie doen precies wat Brambo doet. Als Brambo duikt, duiken jullie. Als Brambo rent, rent iedereen mee. Als Brambo gaat liggen, gaat iedereen naar de grond en verroert zich niet. Begrepen?'

'Ja, baas,' zei Wouter.

Marnix fronste, maar keurde de Nieuwsjager geen blik waardig.

'Pas alsjeblieft op dat niemand jullie...' begon Wendel. Dwars daar doorheen zei Marnix: 'We komen jullie niet redden. Jakko en Jeroen zijn op jacht en Mark en ik zijn hier nodig.'

'Nou aju dan,' zei Wendel. Niemand gaf antwoord. Onhandig klauterde hij omhoog naar de doorgang.

'Hou je taai,' zei Renée tegen zijn rug. Wendel wuifde flauwtjes en verdween in het donker.

'Jullie komen met het belangrijkste terug,' zei Marnix. 'Geen knuffels en andere onzin deze keer.'

Renée kreeg een kleur. Maar niet omdat ze zich schaamde. Dankzij die knuffels hadden de kleintjes zich stil gehouden toen de politie onder hen door voer. Knuffels waren belángrijk, ook al was Marnix te stom om dat te begrijpen.

'Hamers en spijkers,' zei Myrna.

'Papier,' zei Wouter. 'En meer fietsen.'

'De logboeken,' zei Fouad.

Marnix keek naar Ceder. 'En jij, wat ga jij doen?'

'De schatkist halen. Vroeg of laat moeten we toch weer...'

'Kan Moon dat niet beter doen? Zij is toch Schatkistbewaarder?'

Ceder begon: 'Maar Moon durft...'

Renée zei snel: 'Moon durft het rekenwerk niet aan Linda over te laten.'

'Wat voor rekenwerk?' vroeg Marnix. Renée probeerde gauw een antwoord te verzinnen – in werkelijkheid durfde Moon gewoon de grot niet uit – maar Marnix had alweer een andere vraag.

'Waarom moet jij eigenlijk mee, Bakker?'

'Havermout halen,' zei Renée. Ze legde haar hand op Sjoks bil. 'De laatste uit het magazijn. Ik mag één ezel mee van Dana.'

'Echt niet!' zei Brambo. 'Ik ga niet met ezels over de hellingen sjouwen! Stel dat ze terugkomen! Een ezel zien ze van ver.'

'Dan draag ik alles zelf wel,' zei Renée. Met een kleur, omdat ze loog. Er waren helemaal geen voorraden achtergebleven. In werkelijkheid wilde ze naar het magazijn om de radio op te halen. Dat was de enige mogelijkheid om contact te maken met de grote mensen. Ze had het niet hardop durven voorstellen. Iedereen zou denken dat ze de Opstand wilde verraden. Maar het was tóch een goed idee. Stel je voor dat iemand in een kloof viel, of levensgevaarlijk ziek werd. Dan had je niet veel aan een Genezer van veertien jaar oud...

Marnix keek haar doordringend aan.

'De Parlevinkers vinden het goed,' zei Renée. 'Toch, Ceder?'

Ceder knikte, met een halve knipoog, maar Marnix zei: 'Fladder toch op met je Parlevinkers!'

'Zeg!' Fouad deed een stap naar voren. Dapper, vond Renée, want Marnix stak anderhalve kop boven hem uit. Maar die deed alsof hij het niet merkte en keerde Fouad simpelweg de rug toe.

'Goed,' zei hij. 'Ga dan maar, meisjes.'

Fouad en Wouter keken elkaar even aan, Wouter met een grimas en Fouad berustend. Maar even later stonden ze in het volle daglicht. Renée knipperde met haar ogen – ze was vergeten hoe warm het was op Drakeneiland.

'Op weg,' zei Ceder. 'Kom op, jongens.'

Weer merkte Renée hoe vreemd Drakeneiland geworden was nu er niet overal kinderen rondfietsten. De meertjes lagen er spiegelglad bij, nergens kringelde de rook van een kampvuurtje. In de verte sprong een groepje dolfijnen in zee, vlak onder de kust, waar vroeger altijd kinderen zwommen.

In Akropolis, waar alles overhoop was gehaald, vond Renée het griezelig. Zo stil, zo doods, zo... onveilig. Die grote mensen hadden met hun grote handen alles aangeraakt, ze hadden met hun steekneuzen overal in gezeten en ze hadden met hun lompe poten hun bankjes omgeschopt, hun broodstokken kapot getrapt, en hun voetsporen liepen dwars door hun hinkelbanen. Renée pakte gauw een fiets.

'Ik ga naar het magazijn, wacht op mij!'

'Zal ik meegaan?' vroeg Fouad.

'Hoeft niet,' zei Renée. 'Ik ben zó terug.'

Even later, toen ze op het pad door de Groene Heuvels overal geritsel hoorde, had ze spijt. Ze had Fouad toch in vertrouwen kunnen nemen? Hij was altijd zo verstandig.

Maar in haar hart wist ze wat hij zou zeggen: de meerderheid heeft beslist...

Ze keek steeds om, overtuigd dat een jakhals achter haar aan sloop. Met Jella erbij zou dit een avontuur zijn geweest, lekker griezelig. Nu was het alleen maar eng. Waarom werd je bang als je alleen was?

Eindelijk bereikte ze het magazijn. De deur was gesloten. Renée was hier alleen geweest toen ze hun vlucht voorbereidden. Vroeger kreeg ze het meel, de olie en de suiker altijd door Dana aangeleverd. Een Bakker had geen tijd om door de heuvels te dwalen. Was het hier altijd zo stil? Ze begreep niet hoe Jakko dat durfde: in zijn eentje op jacht. Zij durfde niet eens het magazijn binnen te gaan – er kon zich wel iemand schuil houden. Agenten, stiekem achtergebleven om de Drakeneilanders in de val te lokken.

De deur was niet op slot. Renées hart begon te bonken. Wat loerde daar in het donker? Ze maakte de kier wat breder, en nog breder, tot de deur ten slotte wijd openstond. Renée bleef op de drempel staan en tuurde naar binnen. Na een tijdje kon ze wat zien. Geen dozen en kisten meer, alleen wat lege zakken en meelstof op de vloer. In een hoek was een apart hokje – stond daar de radio? Aarzelend liep Renée naar binnen. Ja, het was een soort kantoortje, en onder het raam stond een ouderwets ogend kastje, iets groter dan een brood, met knoppen en wijzertjes. Maar Renée hoefde niet te snappen hoe het werkte; ze hoefde het alleen maar mee te nemen.

Maar dat ging niet zomaar. Het kastje was met twee snoertjes verbonden met iets zwaars. Een accu! En de accu zat vast aan... o jee. Naast de tafel stond een soort fiets. Hij was gemonteerd op een plank; om het achterwiel zat geen band maar een riem, die een spoel aandreef. In het binnenste van de spoel zat een magneet. Dus dit was wat Stijn zijn 'generator' noemde! Geen apparaat met een motortje, maar iets dat op spierkracht werkte.

Dat hele gevaarte kon Renée niet meekrijgen. En aan een radio zonder stroom had ze niets. Ze zou het hier moeten achterlaten.

Of...?

Ze kon natuurlijk ook nu contact maken. Tegen de volwassenen vertellen waar ze zaten. Vragen of ze alsjeblieft,

alsjeblieft mochten blijven. Nog een maandje bijvoorbeeld...

Dat zou fijn zijn. Dan hoefde Jella niet te denken dat Renée haar voorgoed in de steek gelaten had. Haar ouders zouden niet ongerust zijn. Het zou voor álle ouders fijn zijn, en dus ook voor de Drakeneilanders. Bukziekte lag op de loer... het zou veel kinderen geruststellen als ze wisten dat ze niet voor altijd en altijd hoefden te blijven.

Renée stak haar hand uit naar het apparaat en drukte op een knop. Niets. Ze draaide eraan – weer niets. Toen trok ze en meteen kwam er een sissend geruis uit het ding. Contact!

'Wat doe je?'

Er viel een schaduw over haar heen. Renée zette het apparaat meteen uit. Ze draaide zich zo snel om dat ze bijna viel.

'Niets...'

Het was Fouad. En hij zag er niet aardig uit.

'Je wou de vaste wal bellen.'

Renée kreeg weer warme wangen. (Wat had ze toch de laatste dagen?) Ze zei niets. Liegen tegen Marnix was al moeilijk. Liegen tegen Fouad gíng gewoon niet.

'Ik ben bang dat er iets gebeurt. Dat er iemand ziek wordt, of in een gat valt. Dat het eten opraakt of dat we allemaal bukziekte krijgen. En als niemand weet waar we zijn...'

'Maar je kan dat toch niet zomaar op je eentje beslissen!' Fouad was echt verontwaardigd.

'Nee... ik wou ook niet...' Ze slikte en haalde een paar keer adem. 'Ik wou alleen maar even kijken hoe het werkt. Voor het geval dat.'

En dat was echt waar. Tenminste...

'Geloof je het zelf?! Dat merken ze, hoor. Wil jij de Opstand verraden?'

Renée ging zitten, op Stijns stoffige stoel.

'Nee. Of ja, misschien wel. Ik weet niet of ik voor altijd in een grot wil wonen.'

'Dan moet je dat hardop zeggen, als iedereen het kan horen. Niet stiekem achter de rug van de leiding door een radio gaan kletsen.'

'Hoezo leiding? Die dombo van een Marnix? Of Jeroen, die alleen maar kan vechten? Of Jakko met zijn katapult? Vroeger hadden jullie de leiding. Jij en Ceder en Wendel en Marisol... Vroeger waren de Parlevinkers de baas. En nou laat je je alle kanten op sturen.'

'De meerderheid beslist,' zei Fouad. 'Ik doe wat de meerderheid wil. Zo hoort het.'

'Slappe smoes,' zei Renée. 'Je wilt zelf ook niet hier blijven.'

Nu keek Fouad haar verbaasd aan.

'Ik? Ik wel, hoor! Thuis is er alleen een flat vol giechelende zusjes en tantes die over hun mannen komen roddelen. Thuis kijken ze straal over me heen. Behalve als ze willen weten of ik al een vriendinnetje heb.'

Ander onderwerp, dacht Renée – maar gelukkig keek Fouad strak naar de radio.

'Slecht plan, Bakker,' zei hij. 'Kom maar gewoon mee terug.'

'Waarom ben je me gevolgd?' vroeg Renée. 'Vertrouw je me niet?'

Een snelle blik boven gloeiende wangen.

'Die zakken meel,' zei Fouad. 'Ik dacht: dat redt ze nooit. Wist ik veel dat je loog.'

'Sorry...'

Fouad deed een stap naar haar toe. Renée deed er een achteruit, tot ze met haar billen tegen de tafel botste. *Ik dacht dat hij me ging kussen*, zei ze in gedachten tegen Jella. Later, als ze weer thuis was...

En wou je dat? vroeg Jella. *Zoenen?*

Ja. Of nee natuurlijk. Fouad hield me tegen toen ik terug wilde naar jou...

Maar toen zei Jella: *Wat een dropzak!* En dat was onmogelijk, want Jella kende de taal van Drakeneiland niet.

Renée vroeg zich af of het soms te laat was. Zouden zij en Jella elkaar ooit nog zonder moeite begrijpen?

Op de terugweg werd er weinig gesproken. Ze waren allemaal moe – van de spanning waarschijnlijk, dacht Renée. Drakeneiland leek zo anders nu het niet meer echt van hen was. Nu ze vogelvrijen waren.

Het werd erger toen de weg steil begon te klimmen. Op de heenweg hadden ze de kabelbaan genomen, dat was een fluitje van een cent, maar omhoog was andere koek. Fietsen ging al gauw niet meer, want ze namen niet het pad naar het Meer van Glas, waar ze vanuit zee te zien waren, maar klauterden achterlangs over geitenpaadjes naar de top van de Piek, waar Brambo achter zou blijven. De dingen die ze te dragen hadden, wogen bijna niets, en toch klaagden Myrna, Wouter en Ceder over lamme armen. Renée duwde hijgend haar fiets de berg op en verspilde geen adem aan klagen. Het was gelukkig niet meer zo warm, want de zon begon te zakken. Maar met de nacht in het vooruitzicht kreeg ze enorme spijt dat ze niet tóch die radio had meegenomen. Brambo had toch met gemak een nieuwe generator kunnen maken? Dan hadden ze in geval van nood alsnog kunnen besluiten de hulp van volwassenen in te roepen. Met meerderheid van stemmen natuurlijk.

Ze vroeg zich af of Fouad zijn mond zou houden. Hij had er niet zo vriendelijk uitgezien in het magazijn. En op de weg terug naar de anderen had hij geen woord tegen haar gezegd.

Wat zou er gebeuren als hij aan Brambo verklapte dat

Renée met de vaste wal had willen praten? Brambo zou het meteen aan Marnix zeggen. Die twee waren de echte leiders van de Opstand, dat was nu wel duidelijk. Wat zouden ze doen? Marnix was nog steeds de Aanklager. Maar een rechtszaak was er niet meer geweest sinds het begin van de Opstand.

Best mogelijk dat ze haar voor straf in het Honderd Meter Diepe Hol zouden gooien – waar dat dan ook was. Dan zou ze pas écht alleen zijn. Ze stak haar hand in haar zak en kneep hard in Ollie.

Ze was buiten adem toen ze de top bereikten. Van het klimmen, en van angst.

Sorry, zei ze in gedachten tegen Jella. *Sorry, sorry sorry...* Ze kon geen kant meer op.

'Bedankt voor het wegbrengen!' riep Brambo. Met enkele sprongen zat hij weer op zijn post, boven op de stellage van de kabelbaan. Hij tuurde over de Kale Heuvels. 'Daar ergens moeten Jeroen en Jakko rondzwerven. Probeer ze te vinden; zij weten de weg.'

'Ik ook anders,' zei Myrna. Brambo wierp haar een kushandje toe.

'Ga nou maar. Wouter, neem die meiden mee.'

Toen klonk er gebrom. De kinderen bleven staan. Het geluid kwam dichterbij, tot ze het klopperen van een helikopter herkenden.

'Liggen!' gilde Brambo.

Maar ze stonden als verstijfd.

'Verstop de fietsen!'

Renée smeet de hare snel onder een struik. Hopelijk was hij van bovenaf niet te zien.

'Rennen, Wouter,' beval Brambo. 'Zie Jeroen te vinden.' Hij wees vaag naar de zuidelijke hellingen van de Drakenkop. 'Ceder en Myrna, sluip achterlangs naar de grot. Waarschuw de anderen.' Nu keek hij naar Fouad en Renée. 'En jullie, terug naar Akropolis. Jullie zijn het reddingsteam als ze ons pakken. Snel, neem de kabelbaan!'

Fouad sprintte het laatste stukje naar de top van de Piek en greep een tuigje beet.

'Schiet op, Renée! Of wíl je soms dat ze ons pakken?'

De helikopter zwenkte hun kant uit.

Renée stond als verlamd. Achter haar lag de Drakengrot, daar zou ze veilig zijn tussen al haar vrienden. Teruggaan naar Akropolis was gevaarlijk. Of juist niet? Ze wist niet wat ze moest doen.

'Wat doe je?' schreeuwde Ceder.

Op dat moment knipten er twee grote schijnwerpers aan. Renée deed niks. Ze stond maar. De helikopter was nu vlakbij. Fouad hing in zijn tuigje en begon al te zakken. Renées mond werd droog van angst. De mensen in de helikopter zagen Fouad nog niet, maar hij hing daar zo kwetsbaar... Straks gingen ze nog schieten! De afdaling was lang, ze hadden alle tijd om Fouad te grazen te nemen.

'Fouad! Snel!' Ze schreeuwde de longen uit haar lijf. 'Daar!' Spring eraf, wilde ze roepen, maar ze had geen spuug genoeg. Ze gebaarde wild.

De zoeklichten leken te reageren op haar geschreeuw. Ze kwamen dichterbij en schoten wild over de rotsen heen en weer.

'Wat doe jij nou?' vroeg Myrna met een vreemd lage stem. Het was Brambo die antwoord gaf, plat op zijn buik op het rotsplateau: 'Renée helpt de grote mensen.'

Nu had een van de zoeklichten Fouad gevonden. Hij hing daar in het volle licht. Hij begon harder te gaan, maar het zoeklicht volgde hem moeiteloos.

'Wat heb je gedaan?!' Myrna klom naar Renée toe en gaf haar een stomp. Renée verborg haar hoofd tussen haar armen. Ze had Fouad toch niet expres aangewezen? Ze wou alleen maar...

Wat had ze eigenlijk gewild?

De helikopter begon Fouad te volgen. Toen deed Renée iets wat haar zelf verbijsterde. In een paar sprongen was ze bij de stellage van de kabelbaan. Onderweg had ze haar zakmes uit haar zak gewrongen. Ze rekte zich uit, reikte naar de kabel... Met twee, drie halen sneed ze hem door, die oersterke kabel die alle Drakeneilanders al meermalen had gedragen, die niet kapot kon volgens Myrna. Met een klap en een kreet viel Fouad ergens onder hen op de grond. Stenen rolden achter hem aan naar beneden, tot hij zo te horen ergens tot stilstand kwam. Daarna hoorde ze alleen nog het kabaal van de helikopter.

De zoeklichten schoten heen en weer tussen de rotsen, en vingen de kinderen om de beurt.

'Blijf staan!' klonk een versterkte stem van boven. 'Dan overkomt jullie niets.'

'Duiken!' schreeuwde Brambo. 'Weg, weg!' Zelf liet hij zich van het platform rollen en verdween uit het zicht. Renée dook onder een struik, trillend van onder tot boven. Ze zag Myrna een fiets pakken; zij reed hotsebotsend de berg af. Het ging veel te hard; ze stuiterde van steen naar steen, Renée zag het stuur dubbel klappen. Myrna vloog eroverheen. In de lucht rolde ze zich op; ze landde op haar schouders en rolde een heel eind door naar beneden, tot Renée haar uit het oog verloor. Ze hield geschrokken haar adem in.

'Twee man neer,' klonk Brambo's stem ergens vandaan. Dacht die gek soms dat het een spelletje was? Tranen sprongen Renée in de ogen. Fouad! Hoe was het met hem? Misschien was hij ernstig gewond – door háár schuld!

Even later zag ze gelukkig Myrna's petje boven een rots

uitsteken. Ceder rende erheen met Wouter er achteraan. Renée duwde zich af en probeerde of haar knieën haar hielden. Naar de grot! zei haar lichaam. Maar haar hoofd wist dat ze eerst Fouad moest gaan zoeken. Dacht hij soms ook dat zij hem had willen verraden?

Ze deed een stap, en nog een en nog een. Verkeerde kant op, zei haar hoofd. Fouad ligt aan de andere kant van de berg. Nog een stap. Weer een naar het westen, dichter naar de Drakengrot.

'Stop!' schreeuwde Brambo. 'Jullie leiden ze naar de grot!'

Renée keek naar boven. Inderdaad: de helikopter volgde hen.

'Verspreiden!' brulde Brambo.

Wouter, die te dik was om wie dan ook te snel af te zijn, liet zich achter een rotspunt vallen. Ceder veranderde van koers en begon af te dalen naar de Groene Heuvels. Myrna rende om de Piek heen naar de Kale Heuvels. Waar Brambo bleef, kon ze niet zien.

Renée begon te rennen, terug langs de route van de kabelbaan. Half verblind, struikelend, hijgend en met steken in haar zij – maar tenminste onzichtbaar, want de helikopter was een andere kant op gezwenkt.

Zachtjes, om niet boven het geluid van de helikopter uit te komen, riep ze Fouads naam. Ze kreeg geen antwoord. Was hij bewusteloos? Of nog erger? Ze stootte met haar voet tegen iets zachts en slaakte een kreet. Het voelde als iets dat had geleefd maar nu dood was. Ze hurkte en voelde rond. Weer schreeuwde ze, maar nu omdat ze een vacht voelde. Dit was een dood dier, geen mens.

Het donker kroop steeds verder uit de spleten omhoog. Ze was helemaal alleen; ze hoorde zelfs geen steentje meer rollen. Een halfuur of een uur of twee uur of de hele nacht – ze wist niet hoe lang ze naar Fouad liep te zoeken. De heli-

kopter maakte steeds grotere kringen, en Renée moest weg-
duiken als de lichten weer naderden. Eindelijk verdween
het geklopper helemaal. Maar in de stilte hoorde Renée een
jakhals lachen...

Ze stond even stil om op adem te komen. Kon je gaan hij-
gen van angst?

Het komt doordat we tweeling zijn, zei ze in haar hoofd tegen Jella. *Ik ben gewoon niet gewend aan alleen zijn...*

Ze keek op naar de maan. Als Jella nu ook naar de lucht
keek – misschien lag ze wakker – zag ze dan hetzelfde?
Toen schrok ze, want de maan was bezig onder te gaan, en
dat deed hij net als de zon in het westen. Ze schudde haar
hoofd. Maar dan was ze op een heel andere berghelling dan
ze dacht!

Toen hoorde ze water klateren. Was ze soms bij het Meer
van Glas? Misschien kon ze naar de Waterval. Achter het
vallende water langs liep een richel, dat wist ze van Moon.
Daar kon ze schuilen, uitrusten, drinken. Zelfs als het licht
werd zou de helikopter haar daar niet vinden.

Voorzichtig klauterde Renée over de rotspartijen. Haar
knieën knikten weer, maar nu van moeheid. Er moest ergens een pad zijn, maar waar?

Maar nee. Ze kende die bewegingen alleen uit games. Ze had zich nog nooit in haar leven hoeven verdedigen. Vechten was iets voor jongens – dómme jongens. Zelfs bekvechten kon ze niet.

Dus werd ze willoos meegetrokken, dieper de rotsspleet in. Haar belager hield nu alleen nog haar pols vast; Renée draaide zich om en hobbelde mee. Soms stootte ze haar hoofd, soms haar toch al pijnlijke ellebogen. Het ging steil naar beneden; een zwakke tocht steeg uit de diepte omhoog. Waar bracht hij haar naartoe?

Na een hele tijd bleef de man staan en knipte een zaklamp aan. Hij scheen voor hen uit, en niets te vroeg ook. Een eindje voor hen uit verdween het pad in een donkere afgrond.

'Zo,' zei hij hardop. 'Hier zijn we wel veilig.' Hij draaide zich om.

Jeroen! Het was helemaal geen man, het was Jeroen! Hun eigen Koddebeier! Van opluchting begon Renée te huilen.

'Niet janken. Die lui fladderen wel weer op met hun helikopter,' zei Jeroen. 'Wacht.' Hij floot zachtjes tussen zijn tanden. Uit het gat in het pad klonk een fluitje terug. 'Dat is Wouter,' zei Jeroen. 'Die vond ik onder een struik. Net een bang konijn; ik had de grootste moeite hem mee te krijgen.'

'En Myrna? En Ceder?'

'Niet gezien. Kom.'

'Nee. Fouad is gewond. Ik moet hem gaan zoeken.'

'Fouad gewond? Nee hoor! Die heb ik uren geleden al voorbij zien komen. Die ligt allang in zijn hangmat.'

Renée kon hem alleen maar aankijken.

'Gewond!' lachte Jeroen. 'Die paar schrammetjes! Echt iets voor een meid.'

Haar zucht trilde hoorbaar. Maar het kon Renée niet schelen hoe het klonk. Fouad was veilig!

'Nou, hup, spring naar beneden,' zei Jeroen. 'Het is niet hoog of zo. Niet schrikken: je landt op een richel boven in de Zevende Zaal van de Groene Grotten, boven het water. Vandaar kunnen we weer omhoog. Ik heb voor ik vertrok een touw opgehangen.'

Renée keek hem ongerust aan.

'Ik kan niet in touwen klimmen.'

'Wouter en ik hijsen je wel op, Bakkertje,' zei Jeroen. 'Alleen één ding: het is wel het dinges-gat. Dus neus dicht.'

Voor het eerst sinds uren en uren kon Renée weer lachen.

Later zaten ze met zijn allen in het midden van hun eigen zaal. Wonderlijk genoeg waren ze compleet; niet Renée, maar Wouter was met vereende krachten door het poepgat omhooggehesen, Ceder en Myrna hadden ongezien naar de grot weten te sluipen, en ook Jakko was veilig binnen. Fouad rolde ongedeerd uit zijn hangmat en zei dat hij zin had in brood met olijven. Op zijn advies was Brambo ook maar meegekomen. Nu de uitkijkpost ontdekt was, zou het gevaarlijk zijn daar te blijven. Het moest midden in de nacht zijn.

'Ze geven het nu wel op,' zei Marnix. 'We kunnen rustig lawaai maken.'

'Beter toch maar voorzichtig doen,' zei Fouad.

'Welnee,' zei Brambo. 'Hoe komt het toch dat die Parlevinkers zulke bange muizen zijn?'

'Dat heet voorzichtig,' zei Ceder.

'Of verstandig,' zei Marisol.

Het viel Renée op dat Wendel zich afzijdig hield. Hij speelde met een stukje krijt en leek niet te luisteren.

Het kwaad was al geschied. Veel kinderen waren al te lang bang geweest. Dus toen Sanjay op zijn fluit begon te spelen, klapten er al gauw kinderen mee. Hester deelde limonade uit en Estelle begon met dansen. Anderen volgden. Maar toen Stan zijn drum pakte, sprong Fouad op.

'Stop!' riep hij. 'Zijn jullie gek geworden! Zo zijn we tot in Turkije te horen!'

'Ach man, fladder op,' zei Mark. 'Mogen we eventjes lol maken? Stoom afblazen. Dat is net zo nodig als die veiligheid van jou.'

Fouad zuchtte. Hij keek even naar Renée en haalde zijn schouder op.

Renée wendde haar blik af. Ze schaamde zich. Omdat ze hem per ongeluk had verraden. En ook omdat ze hem de halve nacht had lopen zoeken. Dat zou hij wel dwaas vinden.

Maar even later bracht ze hem scheepsbeschuit met een schaaltje olijven.

'Lekker,' zei hij. 'Smaakt naar thuis.'

'Ik dacht dat jij niet naar huis wou?'

Hij knikte. 'Tot ze me bijna te pakken hadden. Toen had ik opeens heimwee. Heel even.'

Renée knikte. Had zij datzelfde gevoeld toen de helikopter boven hen hing? Héél even dat gevoel dat het allemaal niet meer hoefde? Dat ze naar huis kon, gewoon weer een kind worden, lekker dom geiten met Jella?

'Sorry,' zei Renée. 'Ik wou je echt niet verraden.'

'Sorry? Waarvoor? Je hebt me gered!'

'Eh... ja.' Renée voelde zich nog dwazer dan eerst.

'Maar als het zó moet...' Fouad wees met een vette vinger naar Brambo en Marnix, die stonden te bekvechten, terwijl Jeroen er met zijn handen in bokshouding tussen stond. '... ga ik trouwens net zo lief naar huis. Kijk nou! Drakeneiland is Drakeneiland niet meer.'

De Parlevinkers stonden nu volledig buitenspel. Renée vroeg zich af hoe lang dit goed zou gaan. Beslissingen werden nu zonder overleg genomen, net hoe ze in de koppen van de leiders opkwamen. De geoliede machine die Draken-eiland was geweest, was bijna ongemerkt veranderd.

Lust en lasten, alles samen... Samen werken, samen rust. Vrij-heid, vriendschap, recht en vrede

heersen hier van kust tot kust...

Dat hadden ze kort geleden nog samen gezongen. Maar het gold eigenlijk al niet meer. Een paar kinderen maak-ten de dienst uit. Hoe lang zou het duren tot het een zootje werd? Het zou misschien gauw afgelopen zijn. Zoals die muziek nu... Eigenlijk onverantwoord. Wie zei dat er op dit moment geen politieboot onder hen doorvoer?

Renées blik viel op Dana. Ze stond aarzelend aan de kant, wippend op haar tenen, haar blik strak op de dansende Moon. Popelend.

Renée stond op en sloop naar Moon toe.

'Vraag Dana,' fluisterde ze in het springende oor. 'Ze durft niet.'

'Hoe bedoel je?'

'Dana wil ook dansen. Met jou.' Renée gaf Moon een schouderduwtje.

Moon lachte en stak haar hand naar Dana uit. Er vloog een lach over Dana's gezicht.

'Toe dan,' zei Renée tegen haar.

Even later hopste Dana mee. Zó blij, dat ze Moon optilde en rondzwaaide. Renée glimlachte. Verliefd zijn hoefde niet eng te zijn...

Toen stond hij opeens midden in de zaal. Ze merkten het pas toen Wendel een kreet slaakte.

'Nee hè!'

De muziek verstomde, de dansers stonden stil. De kinde-ren wisten meteen wie het was. Iedereen die zat kwam overeind, en Estelle maakte, heel dwaas, een soort buiginkje.

'O,' piepte Ceder. 'O jee.'

'Bestaat niet!' hakkelde Brambo.

Het was een kleine man, gedrongen en met borstelige wenkbrauwen die zwart waren geweest. Maar hij was stokoud. Zijn gezicht zag eruit alsof er met een mes in was gekerfd en de groeven waren pikzwart in het wiebelige licht in de grot. Hij had een zakkig soort spijkerbroek aan en een geruit overhemd, met daaroverheen een leren vestje. Hij leek niet gevaarlijk. De meeste rimpels zaten naast zijn ogen, van het turen of het lachen.

'Dag jongens,' zei meneer Papadopoulos. 'Ik dacht wel dat ik jullie hier zou vinden.'

Niemand zei iets terug. Dana greep opnieuw Moons hand en Renée zag dat Moon die niet terugtrok. Brambo balde zijn vuisten, maar stopte ze meteen in zijn zak.

'Hoe...' stamelde Wendel.

'Het is toch mijn eiland.' Hij praatte op gezellige toon, als een opa. 'Als kind heb ik uren rondgekropen in deze grotten. Natuurlijk mocht ik het niet van mijn ouders. Als je goed kijkt, zie je nog de strepen kaarsvet die ik maakte om de weg terug te kunnen vinden. Ik had geen zaklamp namelijk.'

Hij ging op een steen zitten. De kinderen stonden hem aan te staren. Meneer Papadopoulos keek hen om beurten aan. Tot Renées schrik bleef zijn blik bij haar hangen.

'Ben jij niet de Bakker? Renée, toch? Jij hebt je dapper geweerd, meid. Ik dacht niet dat je het de hele zomer vol zou houden. Iedere ochtend om halfvier op, nou, petje af.'

Renée voelde haar wangen gloeien. Ze was vergeten dat volwassenen dat deden: complimentjes uitdelen. Niet alleen straf. Al die maanden had ze eigenlijk van niemand een bedankje gekregen. En nu opeens... van de man die ze hier

93

nu juist niet wilden zien… Ze had zin om te janken.

'Ik zou wel iets lusten,' zei meneer Papadopoulos. 'Dat is trouwens goed gebruik hoor, in deze streken, om gasten iets aan te bieden. Een stukje brood, een beetje olijfolie, een snufje zout – zit dat erin?'

Renée wenkte Hester en ze wilde al naar de nis lopen waar ze het eten en drinken bewaarden, toen er rumoer losbrak.

'U hebt het recht niet!' Dana was op meneer Papadopoulos afgevlogen. 'U kunt ons hier niet zomaar weghalen!'

'Stil kind,' zei meneer Papadopoulos. 'Ben jij niet dat brandstichtertje? Dana... Wat is je beroep?'

'Dana is Ezeldrijver.' Jakko stond met gebalde vuisten naast haar. 'En ik ben Jager nu. Dat blijven we ook. U kunt ons niet dwingen naar huis terug te gaan.'

'Wij wonen hier nu.' Dana keek om, zocht de blik van Moon. Die knikte haar toe.

'Dana heeft gelijk. We redden ons hier prima.'

Dana gloeide, zag Renée: haar wangen van trots en haar ogen van liefde.

'Maar ik ben de baas,' zei meneer Papadopoulos rustig. 'Uiteindelijk.'

'Probeer ons maar eens hier weg te krijgen!' riep Dana. Overmoedig, dacht Renée – zeker door het dansen met Moon. 'We gáán gewoon niet.'

'Leve de Opstand!' gilde Brambo met overslaande stem. 'Drakeneiland is van óns!' Meneer Papadopoulos glimlachte. Brambo's ogen glinsterden in het fakkellicht. Maar opnieuw balde hij zijn vuisten.

'De grote mensen kunnen opfladderen!' brulde Marnix.

Met Jeroen, Mark en Brambo liep hij stampend op meneer Papadopoulos af. Ze gingen om hem heen staan zodat Renée hem niet meer kon zien.

'Denkt iedereen er zo over?' Zijn stem klonk nog even rustig.

'Iedereen!' zei Marnix luid.

'Hebben jullie gestemd?'

'Wat nou gestemd, sokkenbol!' viel Jakko uit. 'Dit is wat Drakeneilanders willen.'

'Drakeneiland is ons leven,' vulde Dana aan. 'Ik ga nooit meer terug!'

'Vraagje,' zei meneer Papadopoulos. 'Zouden jullie het uithouden zonder de voorraden van mevrouw Zaman?'

'Wie?' vroeg Mark verbaasd.

'De Snorrevrouw,' zei Stijn. 'Zij brengt ons toch...'

'Mond dicht,' zei Marnix tegen hem. En tegen meneer Papadopoulos: 'We hebben die troep niet nodig. We kunnen voor onszelf zorgen. Jakko en Jeroen jagen, Julia maakt het wild schoon, Hester kookt zeewiersoep. We kunnen vissen en straks zijn de sinaasappels rijp. Wie zit er te wachten op bruine bonen?'

Hij spuugde minachtend op de grond.

'Dank je,' zei meneer Papadopoulos. 'Dat was erg beleefd. Maar ik ben blij te horen dat jullie je zo goed redden. Heel knap. Goed nieuws.'

Hij stond op, en hoe klein hij ook was, en hoe stoer de jongens om hem heen er ook uitzagen, ze gingen toch voor hem aan de kant. Hij liep tussen hen door naar de gang die ze de Slokdarm noemden.

'Dus jullie hebben niets nodig? Geen vishaken? Geen fietsbanden? Geen nieuwe netten?' Hij wees om hem heen. 'Ik zie dat ze als hangmatten in gebruik zijn. Slim. Maar vissen wordt dan moeilijk, denk ik.'

'Zeur niet,' zei Marnix. 'We hebben niks nodig.'

Meneer Papadopoulos keerde zich naar hem toe. Om de een of andere reden glimlachte hij. Hij bleef staren tot Marnix terugkeek. Toen vroeg hij: 'En batterijen?'

Het werd stil. Een van de kleintjes haalde verschrikt adem. De groteren verstijfden.

'Natuurlijk,' zei meneer Papadopoulos, nog steeds op

die vriendelijke toon, 'laat ik jullie oppakken zodra jullie je buiten vertonen. Op mijn verzoek houdt de politie zich klaar om jullie aan wal te brengen.'

Renée voelde het afgrijzen om zich heen. Nu pas leek tot de anderen door te dringen waaraan ze waren begonnen.

'Maar als jullie voorgoed in het donker willen blijven wonen, als muizen in holletjes, kan ik jullie niet tegenhouden. Ga je gang. Succes ermee. Dat meen ik.'

Hij draaide zich om en begon aan de klim naar de Drakenbek.

Meteen begon een aantal kinderen te huilen – en niet alleen kleintjes. Sommigen gingen kriskras in het rond rennen. Dikkie klampte zich aan Marnix vast, Jeroen duwde Dikkie tegen de grond, Dikkie zette zijn tanden in Jeroens kuit, Jeroen brulde het uit. Fouad vloog Marnix aan. Renée zag hem eroplos beuken met zijn vuisten. Was dat echt Fouad?!

'Wat gebeurt er?' vroeg ze zich hardop af. 'Wat hebben ze?' Maar ze voelde het zelf ook: het greep haar bij de keel.

'Ze zijn bang,' mompelde Ceder naast haar. 'De Opstand was een spel. Drákeneiland was een spel. Nu is het opeens menens.'

Renée begon te rennen. Ze dook de Slokdarm in, stootte haar knie aan een hobbel, krabbelde overeind en rende verder. Tot haar verbazing haalde ze meneer Papadopoulos bijna meteen in.

'Niet weggaan!' hijgde ze.

Meneer Papadopoulos, een klein lichtje op zijn voorhoofd, leek te glimlachen.

'Rustig maar,' zei hij. 'Ze krijgen zo meteen hun verstand wel terug.' Hij legde haar hand op zijn arm en klopte erop. 'Je bent een dapper kind,' zei hij. 'Verstandig zijn is niet altijd makkelijk, dat weet ik. Wendel bijvoorbeeld heeft het er ontzettend moeilijk mee gehad. Maar nadenken, zelfstandig nadenken, loont toch. Altijd.'

Hij nam haar mee naar een richel, waar hij op ging zitten, en hij trok haar min of meer mee, met haar hand nog steeds tussen zijn arm en zijn hand geklemd. Samen zaten ze te luisteren naar het geluid dat uit de grote zaal opklonk, versterkt en herhaald door galm en echo's. Geschuifel, rennende voeten, gillen, boze woorden, gekletter en een enkele doffe bons. Het leek wel of er een oorlog aan de gang was.

'Ze zijn gek geworden,' zei Renée na een tijdje.

'Wacht maar af.'

Nu klonk alleen nog het geschreeuw van Marnix en een zachtere stem, die zo vervormd werd door de echo's dat Renée hem niet herkende.

'Hebben ze echt gestemd?' vroeg meneer Papadopoulos.

'Gestemd... nou ja, zo'n beetje. Het was meer dat niemand weg wilde.'

'En jij?'

'Ik... ook niet,' zei Renée.

'Waarom niet?'

Dat vond ze een gekke vraag van meneer Papadopoulos, die gemaakt had dat ze hier zaten.

'Waarom eigenlijk?' vroeg ze. 'Waarom hebt u ons hier op een kluitje gezet? Allemaal rotkinderen. Of tenminste, met iets ergs op ons geweten.'

'Kun je dat niet raden?'

'Jawel,' zei Renée. 'Hier gingen we ons best doen.'

'En waarom?'

'Omdat jullie er niet waren. De volwassenen. Om voor ons te zorgen. Om... te maken dat we geen domme dingen deden.'

Klopjes op haar hand. Ze had het goede antwoord gegeven.

'Wil je naar huis omdat je te moe werd?' vroeg meneer Papadopoulos.

'Ja... ook wel. En om mijn zusje. Ze kan niet zonder mij.'

'Nu wel misschien,' zei meneer Papadopoulos.

'Jella kan echt niet zonder mij. Ze moest naar kostschool. Maar ze is veel te verlegen!'

'We leren allemaal.'

Jella niet, dacht Renée. Maar dat was onzinnig.

'Misschien is het juist goed dat jullie een tijdje uit elkaar zijn. Heb je daaraan gedacht?'

Hou je kop, dacht Renée – maar ze zei natuurlijk niets.

Meneer Papadopoulos bleef zwijgen. Hij staarde met een vaag glimlachje voor zich uit. Kon hij gelijk hebben? Had Jella zich aangepast op die kostschool? Misschien kon Jella intussen best zonder Renée. Het was een nare gedachte.

'Hoor die Wendel!' Meneer Papadopoulos giechelde. 'Wat gaat hij tekeer, hè.'

Wendel? Die ging toch nooit tekeer? Maar nu hoorde Renée ook dat het Wendel was die tegen Marnix inging. En dat Marnix minder en minder zei. Tot het opeens luid en duidelijk tegen de rotsen kaatste: 'Afgesproken-roke-oke-ook.' Even later loerde er een lichtje om de hoek.

'Wendel?' Meneer Papadopoulos stond op. 'Kom mee, Renée. Tijd om te onderhandelen.'

Om de bocht stond Wendel onhandig met een zaklantaarn te friemelen.

'U was helemaal niet weg, hè. Komt u terug? Ze... we willen met u praten.'

Hadden de leiders hem gestuurd?

De Drakeneilanders maakten zwijgend plaats in de kring toen meneer Papadopoulos en de twee kinderen binnenstapten. Meneer Papadopoulos ging in het midden staan, draaide op zijn gemak een rondje om iedereen aan te kunnen kijken, en vroeg toen: 'En? Heeft de sterkste gewonnen?'

Marnix keek naar de grond en schopte tegen een steentje dat er niet was. Jakko gromde. Mark leek een stap naar achteren te doen. Jeroen schokte met zijn schouders. En Brambo, Uitvinder en praatjesmaker... huilde.

Fouad deed een stap naar voren. Dappere Fouad, dacht Renée.

'We hebben gestemd, meneer. Niet alleen de Parlevinkers, wij allemaal.'

Nu bromde meneer Papadopoulos iets onverstaanbaars. 'En?' vroeg hij toen.

'We hebben Wendel gevraagd met u te praten.'

Wendel ging naast Fouad staan. 'We kunnen niet zonder batterijen en visnetten. En eigenlijk hebben we ook wel graag meel. We kunnen niet zonder hulp.'

'Zo. Dat dacht ik al.'

'Maar we willen tóch graag blijven,' zei Wendel. 'Daar is niets aan veranderd.'

'Ja? Jullie hebben de regels veranderd,' zei meneer Papadopoulos. 'De Parlevinkers zijn buitenspel gezet, de Wetten gelden niet meer... Een paar sterke jongens maken de dienst uit en wat jullie stemmen noemen klinkt in mijn oren als ruzie. Dit is niet het Drakeneiland waar ik graag meel en batterijen naar toe stuur.'

'Nee,' zei Wendel. 'Dat heb ik ook gezegd. Daarom heeft de leiding van de Opstand beloofd dat alles weer normaal wordt als we terugkeren naar onze dorpen. Iedereen krijgt weer zijn eigen beroep en de Wetten gelden weer.'

'En de leiding van de Opstand legt zich daarbij neer?'

'Wel als we mogen blijven,' zei Marnix, zoals gewoonlijk net iets te hard. Zijn woorden klommen tegen de wanden op.

'En als ik nee zeg?'

'Dan gooien we u in het Honderd Meter Diepe Hol,' zei Marnix.

'Tss,' zei meneer Papadopoulos. 'Je vergeet dat het mijn eiland is, broeder. Zo'n hol is er niet.'

'U weet heus niet alles,' zei Marnix, maar zijn stem klonk schril.

'Houd je kop nou,' zei Wendel. 'Ik zou toch het woord doen.' Op overredende toon ging hij verder: 'Toe, we houden ons echt weer aan de regels als u toestemt.'

'Maar ik heb ook nog wel een paar voorwaarden.' Meneer Papadopoulos klonk voor het eerst streng. Hij had het lampje van zijn voorhoofd genomen en liet het tegen zijn knie bungelen. Zijn schaduw op de rotswand leek reusachtig.

'Niet alleen worden de Parlevinkers in ere hersteld. Niet alleen zal de Schout iedereen van het eiland gooien die zich maar éven niet aan de Wetten houdt. Maar ook gaan jullie je helemaal zelf bedruipen. Batterijen en fietsbanden, en vooruit, een paar visnetten. Maar voor eten zorgen jullie voortaan zelf.'

Fouad en Wendel keken elkaar aan. Ze fluisterden even met Marisol en toen met Ceder. Daarna keek Wendel naar Renée.

'Gaat dat, zonder meel?'

Renée haalde haar schouder op. 'Misschien kan ik zeewier drogen en malen...'

'Waard?'

'Zeewiersoep, jakhalskebab, zonnebloempittenkoekjes – we hebben het erover gehad. We verzinnen wel wat,' zei Hester.

'Tuinders?'

'Even wachten op de nieuwe oogst, maar de tomaten doen het prima,' zei Rooie.

Meneer Papadopoulos knikte.

'Mooi. Dan zijn jullie dus op jezelf aangewezen. Veel succes. En als het niet lukt, nou, dan piep je maar. Dan komen we jullie met alle plezier alsnog halen.'

'Nooit,' zei Dana. 'Hè Moon?'

Meneer Papadopoulos lachte. 'We zullen zien.' Hij draaide zich om en liep opnieuw naar de Slokdarm. 'Ik word opgehaald. Tot ziens allemaal.' Nu klonk hij weer als een aardige opa. 'Wendel, jongen, hou je taai.'

Het bleef even stil, en even wisten ze niet wat ze moesten doen. Toen drong het tot ze door dat er geen gevaar meer was. Ze hoefden niet meer in de grot te blijven! Maar niemand juichte. Zwijgend begonnen ze allemaal achter meneer Papadopoulos aan te lopen, door de smalle steile gang naar boven, tot ze samendromden in de Drakenbek. Er klonk het geklopper van helikopterwieken, en even later rolde er een laddertje uit tot op de tong van de draak.

Meneer Papadopoulos begon er zonder om te kijken in te klimmen.

Wendel rende ernaartoe en zette een voet op de onderste sport.

'Wat doe jij nou?'

'Mag ik... Ik wil eigenlijk...'

'Mee naar huis?'

Wendel knikte.

'Zo... Weet je het zeker?'

Wendel keek over zijn schouder. Ze staarden hem allemaal aan.

Renée snapte hem wel. Wendel was moe, net zo moe als zij.

'Je moet doen wat je zelf wil,' zei ze schor. 'Drakeneiland zal niet hetzelfde zijn, maar... Je moet tóch doen wat je wil.'

Wendel liet de touwen los. 'Eh... ja. Eh... nee. Nee, ik blijf toch maar hier.'

Meneer Papadopoulos duwde met zijn teen tegen Wendels schouder, grijnsde en ging door met klimmen.

Opluchting golfde door de troep kinderen. Wouter sloeg zijn spekkige arm om Wendels stevige schouder. Ze keken strak naar de kleine figuur die langs het wiebelende laddertje omhoogklom. Hij verdween in het binnenste van de helikopter zonder om te kijken. Even later werd de touwladder schokkerig ingehaald. De helikopter begon te klimmen.

Jella! dacht Renée. Daar gaat mijn kans.

Ik kan best een tijdje zonder je, hoor, zei Jella in haar hoofd. *We blijven tóch altijd zusjes.*

Maar mis je me dan niet? vroeg Renée geschrokken.

Tuurlijk mis ik je. Maar ik overleef het wel.

Met een hol gevoel in haar maag zag Renée de helikopter wegzwenken. Misschien heeft Jella mij niet meer nodig, dacht ze, maar ik heb haar wél nodig!

Ze rende naar het uiteinde van het rotsplateau.

'Nee!' schreeuwde ze naar boven. 'Neem me mee!' Ze zwaaide wild.

'Wat doe je!' riep Myrna.

De helikopter bleef hangen, maakte een bocht, daalde. Het laddertje kwam weer naar beneden.

'Renée, blijf!' riep Ceder.

Renée keek om, aarzelde.

'We kunnen toch niet zonder Bakker!'

Ja, ik ben de Bakker, dacht Renée. Degene die voor eten zorgt, die de knuffels achter ze aan sleept. Een nepmoeder. Maar Jella houdt van mij.

'Sorry,' zei ze.

'Renééééé!' gilde Bibi. 'Niet weggaan! Ik kan het niet alleen!'

'Jawel hoor.' Nu ze haar besluit had genomen, moest Renée lachen. 'Jij bakt als de beste. En trouwens, waar hebben jullie een Bakker voor nodig als er geen meel is?'

Ze keek ze nog even allemaal aan. Myrna, die zo lekker nuchter was en net zo hard kon werken als zijzelf. Ceder, die altijd wist wat er moest gebeuren. Jasmijn, op wie je kon vertrouwen. Sanjay, die hen zo vaak had opgevrolijkt. Stoere Dana, die zo lief was voor haar ezels. De mooie Moon. En Fouad, die... altijd Fouad bleef. Ze zou ze verschrikkelijk missen.

Maar Jella miste ze meer. Ze legde haar hand op haar hart en knikte de drom kinderen toe. Haar haren waaiden op in de wind van de helikopter. Ze ging naar huis!

'Blijf met Sint Joris, jongens! En geen ruzie maken.'

Ze greep de touwen beet.

Ze waren al een tijdje onderweg. Renée had niet omgekeken. Ze staarde strak naar haar knieën, vastgesnoerd in een stoel, zo ver mogelijk van het raampje. Zij zat op de achteruitplaats en ze wilde geen glimp van Drakeneiland meer zien. Meneer Papadopoulos zat schuin tegenover haar aan het raam. Ze hoorde alleen het gezoef van de wieken en het gedempte lawaai van de motor.

Ze wist niet wat ze met haar handen moest doen. Ze zagen er zo gek uit, zoals ze daar op haar schoot lagen. Wat was het raar om helemaal niets te doen te hebben. Op Drakeneiland deed je nooit niets. Eigenlijk was ze drie maanden onafgebroken bezig geweest.

Plotseling boog meneer Papadopoulos voorover en zei iets onverstaanbaars tegen de piloot.

Ze voelde de helikopter een bocht maken.

'Nog één afscheidsrondje?' vroeg meneer Papadopoulos.

'Hoeft niet,' zei Renée.

Maar de piloot veranderde niet van koers. Meneer Papadopoulos keek uit het raam en zuchtte.

'Altijd moeilijk om hier weg te gaan,' zei hij. 'Het paradijs van mijn jeugd. Jammer dat er toen geen andere kinderen waren. Alleen ik met mijn vader en moeder. Weet je, rijk zijn is lang niet altijd leuk.' Hij drukte zijn neus tegen het raam. 'Ik fantaseerde altijd dat mijn hele klas op bezoek kwam en dat mijn ouders dan gillend wegrenden. Dat we met zijn allen op Drakeneiland achterbleven, alleen kinderen. Voor altijd.' Er kwam een raar geluid uit zijn neus. Maar toen hij haar aankeek, zagen zijn ogen er normaal uit.

'We vliegen zo meteen over de Piek. Wil je niet even zwaaien?' vroeg hij.

Zwaaien? Ze zou het niet kunnen zonder te gaan huilen.

Ze schudde haar hoofd. Opnieuw zei meneer Papadopoulos iets tegen de piloot – in het Grieks? – en opnieuw maakte die een bocht. Een bocht waar ze in bleven hangen, een cirkel. Renée gaf zich niet gewonnen. Hij mocht zo veel afscheidsrondjes maken als hij wilde – ze zou niet kijken. Drakeneiland was voorbij. Ze ging naar huis.

Meneer Papadopoulos wendde zijn blik af van het uitzicht.

'Wil je dan helemaal niet weten of Drakeneiland er uit de lucht ook uitziet als een draak? We zitten hoog genoeg.'

Dat maakte haar nieuwsgierig. Eén laatste blik op het eiland dan? Als ze toch al te hoog waren om de kinderen te kunnen zien?

Meneer Papadopoulos keek weer uit het raam.

'Veel stekels heeft hij, onze draak. Maar het is er goed hè?'

Renée knikte, opeens toch met tranen in haar ogen. Ja, het was goed op Drakeneiland. Zelfs de afgelopen week, toen de Wetten niet meer golden, was goed geweest. Ze hadden elkaar niet de hersens ingeslagen. Ze hadden allemaal samengewerkt voor één doel.

Ze maakte haar gordel los. Goed dan, één laatste blik. Ze schoof een stoel op, en nog een.

Toen dook de helikopter opeens omlaag. Geschrokken greep Renée zich vast – stortten ze neer? Een zuigend gevoel in haar maag, een druk op haar oren, en ze was zó bang dat ze haar ogen dichtkneep.

Maar meneer Papadopoulos pakte haar pols beet en kneep er zachtjes in.

'Alles onder controle, hoor. Kijk toch maar even naar buiten.'

Toen keek Renée naar beneden. Ze vlogen helemaal niet hoog boven de Piek! Ze hingen er vlak boven. En ze waren niet te ver om de kinderen te kunnen zien. Helemaal niet te ver. Ze keek Brambo recht in zijn gezicht. Hij zat met Myrna en Ruben de Fietsenmaker boven op het platform van de kabelbaan. Zo te zien waren ze bezig de kabel opnieuw vast te maken. Verderop zaten Losbol en Luilebal met een groepje kleintjes iets te schilderen.

Toen de Uitvinder haar in het oog kreeg, grijnsde hij breed en zwaaide. Ze zag dat hij iets riep, maar ze kon het natuurlijk niet verstaan.

De piloot maakte een rondje en liet de helikopter aan de andere kant van de berg hangen. Nu zag Renée een stoet kinderen aankomen over het pad door de Kale Heuvels. Pierre fietste voorop met een mand vol beddengoed. Moon zeulde met de schatkist. Dana kwam er achteraan met Sjok en Choco, hun manden vol voorraden, en daarachter huppelden de geiten van Jakko. De voorste kinderen klauterden een voor een het vlakke stuk bij de kabelbaan op. De Koddebeier zorgde dat ze netjes in de rij gingen staan. De Schout controleerde of de kabel hield.

Brambo stak zijn duim omhoog. Myrna gespte zich als eerste in een tuigje – dappere Myrna. Renée kneep in haar handen toen ze begon af te dalen. Als het maar goed ging...

'Kijk!' Meneer Papadopoulos greep haar in haar nekvel en

draaide haar hoofd. Bij de stellage waren Losbol en Luilebal bezig een beschilderd bord omhoog te hijsen. Brambo spijkerde het vast. Hij sprong op de grond om het te bewonderen, en toen kon Renée het ook zien.

Station Renée stond er in zwierige letters. Met een deegrol eronder, waarop een gouden draakje was geschilderd. Renée slikte. Slikte nog eens. Ze schoof Ollie aan haar pink.

Brambo stond met zijn handen in zijn zij te lachen. Maar hij keek niet meer omhoog. Fouad, die net het plateau op kwam, wel. Aarzelend stak hij zijn hand omhoog. Toen zag hij haar en zwaaide. Renée zwaaide terug, met Ollie. Fouad lachte en knikte, en blies haar een kushandje toe.

Renée zakte terug in haar stoel. 'Ga maar.'

Meneer Papadopoulos wuifde naar de piloot en de helikopter zwenkte weg. Ze stegen snel.

'Moeilijk, hè.' Meneer Papadopoulos klopte op haar arm. 'Maar je mag altijd terugkomen. Jij wel.'

Renée tuurde naar buiten. Een stroom spartelende stipjes daalde aan de kabelbaan af naar Akropolis. De voorste – Myrna – landde juist op het postkantoor. Drakeneiland zou weer Drakeneiland worden.

'Zie je?' Meneer Papadopoulos wees trots. 'Het lijkt ook van boven op een draak.'

Renée lachte. Hij zei het alsof hij het eiland zelf gemaakt had.

'Gaat het weer?'

Renée slikte de laatste tranen weg, deed Ollie af en veegde haar neus schoon. Toen knikte ze. Natuurlijk ging het goed. Ze ging naar Jella!

Voor overlevers!

Recept voor scheepsbeschuit:

4 kopjes bloem
1 kopje water
1 theelepel zout
1 theelepel suiker
1 eetlepel boter

Stook de oven heet.

Kneed met je handen bloem, water, zout, suiker en boter tot een stevig deeg zonder klontertjes.

Neem een deegroller en wrijf die in met meel. (Het kan ook met een fles.)

Doe meel in een zeef en strooi een dun laagje over een plank.

Rol het deeg uit, draai het om en vouw het op. Daarna opnieuw uitrollen, weer omdraaien en opvouwen. En dan nog eens.

Maak ronde, platte koekjes (1 centimeter dik). Je kunt ze uitsteken met een waterglas, dan worden ze mooi rond.

Prik er met een vork gaatjes in. Draai ze om en prik weer gaatjes.

Bak ze in de voorverwarmde oven, een kwartier tot een halfuur. Tik erop: als het hol klinkt, zijn ze goed.

Laat ze goed afkoelen en hard worden. Blijft maanden goed!

Om ze te eten, week je ze in bouillon... of zeewiersoep.

Recept voor zeewiersoep:

    1,5 liter water
    2 groentebouillonblokjes
    zeewier (vers: zelf zoeken; gedroogd: bij de
    Chinese winkel)
    2 eetlepels oestersaus
    1,5 theelepel sesamolie
    2 bosuitjes
    1 teentje knoflook

Gedroogd zeewier eerst weken in koud water.

Snijd de bosuitjes en de knoflook fijn.

Snijd het zeewier in stukken.

Bak het zeewier met de knoflook in de olie.

Doe het water met alle andere ingrediënten in een soep-pan en breng het aan de kook.

Kwartiertje op een zacht vlammetje laten pruttelen en klaar.

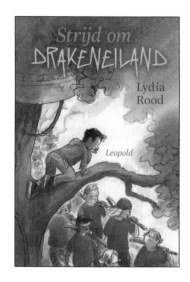

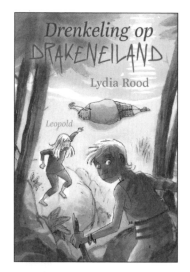

Boekenbeurt over Drakeneiland?
Laat het weten via www.drakeneiland.nl, dan krijg
je boekenleggers om uit te delen.